역사 앞에서

▲ 저자가 어린 시절 그린 무용총 벽화

시와소금 산문선 · 019

역사 앞에서

ⓒ지창식, 2024. printed in seoul, Korea

초판 1쇄 인쇄 2024년 05월 20일
초판 1쇄 발행 2024년 05월 30일

지은이 | 지창식
펴낸이 | 임세한
디자인 | 유재미 정지은

펴낸 곳 | 시와소금
등록 | 2014년 01월 28일 제424호
주소 | 강원도 춘천시 충혼길20번길 4 (우·24436)
편집·인쇄 | 주식회사 정문프린팅
전자주소 | sisogum@hanmail.net
구입문의 | ☎ (033)251-1195, 010-5211-1195

ISBN 979-11-6325-077-7 03810

값 15,000원

※ 이 책은 2024년 춘천문화재단 전문예술지원사업 지원금으로 발간되었습니다.

시와소금 산문선 019

역사 앞에서

지창식
역사수필집

시와소금

수필의 쓸거리는 여러 가지가 될 수 있는데 왜 역사에 관한 수필을 쓸까요? 처음부터 역사에 관한 수필을 쓰자는 목적이 있지는 않았습니다. 이것도 운명이라고 할까요. 되돌아보면 어렸을 때부터 역사에 관하여 관심이 많았던 것 같습니다. 초등학생 시절 이미 어른들 수준에나 맞는 역사 관련 책들을 읽었던 기억이 있습니다. 그동안 쓴 수필 중에서 역사에 관한 수필 분량이 꽤 돼서 한 책으로 묶었습니다.

어떤 역사적 사실에 대하여 관심을 두다 보면 문득 어떤 느낌이 올 때가 있었습니다. 역사학적인 면에서는 사실인가 아닌가를 밝히는 것이 중요하겠지만 문학적인 면에서는 느낌! 그것이 중요합니다. 느낌이 오면 그에 관한 글을 쓰고 싶은 욕구가 일어납니다.

글이 쓰고 싶어지면 나는 역사학자는 아니지만 우선 관련 문헌 연구를 합니다. 우리나라 역사의 중요한 원전으로는 삼국 시대는 삼국사기와 삼국유사, 고려 시대는 고려사와 고려사절요, 조선 시대는 조선왕조실록이 있습니다. 원전의 관련되는 부분을 여러 번 읽어 봅니다. 번역문과 한문 원문을 비교하면서 읽어 봅니다. 개인의 일기나 문집, 보고서, 비석에 새겨진 글 등 다른 관련 자료도 찾아 읽어 봅니다.

자료를 조사하는 것은 역사적 사실을 다루므로 정확성, 객관성을 기하고자 함과 허구가 아니라, 사실을 써야 하는 수필 장르의 속성과도 관계가 있습니다.

　때로는 자료를 읽고 또 읽고, 여러 번 읽다 보면 행간(行間)의 숨은 뜻이 짐작되기도 하고, 관련 사건에 관하여 상상할 수도 있습니다. 새로운 느낌이 올 때도 있습니다. 문학에서 상상은 중요합니다. 수필은 다만 소설과는 다르게 작가가 상상한 부분은 독자가 알아볼 수 있게 표현합니다.

　현장 답사가 가능한 곳이면 현장 답사합니다. 현장 답사에서는 책에서 몰랐던 새로운 사실을 알게 되는 경우도 있고, 새로운 느낌을 받을 때도 있습니다.

　역사적 사건으로부터 받은 느낌을 수필로 쓰기 위하여 관련 문헌을 찾아 읽고, 현장을 답사하고, 많은 생각을 하고, 글로 옮기는 과정. 되돌아 생각하면 의미 있었다고 생각합니다. 행복했습니다.

2024년 봄
수필가 지창식

| 차례 |

| 들어가는 말 |

【삼국 시대】

【고려 시대】

【조선 시대】

【아! 6.25】

삼국 시대

소서노의 사랑

▲ 한성백제박물관

오늘도 사연을 간직한 채 강은 유유히 흐른다. 나는 한강 북쪽 자그마한 언덕에서 강을 내려다보고 있다. 아득히 먼 옛날 한 여인이 말을 타고 저 강변을 거닐었을 것이다. 그는 누구보다도 그의 낭군과 두 아들을 사랑했으며, 아주 지혜로운 여인이었다. 나는 그 여인의 마음을 헤아려 본다.

소서노. 고구려 시조 동명왕(주몽)의 부인이며, 백제 시조 온조왕의 어머니이다. 그녀는 본래 압록강으로 흘러드는 비류수가 있던 졸본 부여국의 둘째 공주님이었다. 그녀의 나이 서른쯤, 어쩌면 그때 그녀는 연로한 아버지를 도와서 나랏일을 돌보고 있었을 것이다. 동부여에서 주몽 일행이 탈출해 왔다. 지금으로 말하자면 망명을 신청했다. 그때 주몽은 스물두 살의 젊은이, 도망자의 신분이었으므로 초라한 행색이었을 것이다. 그러나 몇 명 안 되지만 충실히 따르는 부하들이 있고, 드물게 활 잘 쏘는 명궁이었다. 곧 비범함이 눈에 띄었다. 사랑은 운명이라 했던가? 소서노는 어느 순간 훨씬 연하의 주몽을 사랑하게 되었고, 그와 결혼하게 되었다.

소서노는 새로 창업한 고구려가 자리 잡도록 주몽을 도와 헌신을 다 했다.[1] 주몽이 비록 걸출한 인물이기는 하지만 사실 처음에는 일개 망명객에 지나지 않았다. 국가라는 큰 그룹을 경영해 본 경험도 없었다. 예나 지금이나 새로운 나라를 만들고, 막강한 군대를 유지하는 것은 정열과 패기만으로 되지 않는다. 아마도 토착 세력으로서 막대한 부(富)와 경험을 가진 소서노가 도와서 가능했을 것이다.

세월이 흘렀다. 주몽과 만난 지 19년이나 되었다. 어느 날 동부여에서 주몽의 옛 부인 예 씨와 맏아들 유리가 탈출해 왔다. 이제까지 소서노가 제1 왕비였는데 예 씨가 소서노의 자리를 차지했고 태자의 자리마저 유리가 차지하게 되었다. 주몽으로서는 옛 의리를 지키는 일이었을 것이다. 그러나 이제까지 왕비로서 자기 아들들이 당연히 주몽의 뒤를 이을 것으로 생각하던 소서노는 얼마나 당혹스러웠을까? 허탈감과 배신감마저 밀려왔을 것이다.

---

1) 삼국사기 백제 본기 第1 참조 "大王避扶餘之難 逃歸至此 我母氏傾家財 助成邦業 其勤勞多矣"

그런데 호사다마(好事多魔)랄까? 주몽은 옛 부인과 아들을 만난 지 불과 6개월 만에 홀연히 세상을 떠나고, 태자이던 유리가 왕위를 잇게 된다. 이때 유리가 왕이 되었다고는 하지만 아직 기반이 취약했다. 소서노가 마음만 먹었으면 왕위를 뺏어서 자기 아들인 비류나 온조에게 왕위를 잇게 할 수 있었을 것이다. 그러나 소서노는 그렇게 하지 않았다. 왜 그랬을까? 아마도 그녀는 서운한 감정은 있었지만, 한때 그의 낭군을 지극히 사랑했기 때문에 그러하지 않았을까? 비록 저세상으로 갔지만 사랑했던 그이가 그런 일을 절대 바라지 않을 터이니까?

소서노는 두 아들을 데리고 따뜻한 남쪽 아리수[2]가 흐르는 곳으로 떠나기로 하였다. 아마도 그녀는 그곳에 대해 미리 어느 정도는 알고 있었을 것이다. 그러나 나이가 쉰을 바라보는 여성이라면 불확실한 모험보다는 편안한 여생을 생각하는 것이 상식일 것이다. 그녀는 일신의 편안함을 팽개치고 모험의 길을 택했다. 왜 그랬을까? 그것은 '내 자식의 뜻을 펴는 일이라면 어떠한 것도 마다치 않겠다는' 어머니의 지극한 자식 사랑 때문이었으리라. 열 명의 신하와 많은 백성이 따랐다. 그녀의 기반이 그만큼 튼튼했음을 보여 주었다. 이것은 아직 젊고 혈기만 왕성한 비류나 온조보다는, 경험 많고 노련한 소서노에 대한 믿음이었으리라.

소서노는 그의 나이 49세 때 이제껏 살던 정든 고향을 떠나 새로운 땅 아리수가 흐르는 이곳으로 왔다. 이때 소서노는 말을 타고 여러 사람을 거느리고 내가 보고 있는 저 강변을 둘러보았을 것이다. 맏아들 비류는 바닷가

---

2) 한강의 옛 이름

에 살기를 원하여 곧 미추홀[3]로 떠나갔고, 그녀는 작은아들 온조와 함께 이곳에 자리 잡았다. 그런데 그녀는 지금 보통 생각하듯이 큰아들을 따라가지 않고, 왜 작은 아들인 온조와 함께했을까? 그것은 아마도 '사랑은 내리사랑이라고' 어머니의 심정이라면 큰아들보다는 아직 어리고 미숙한 작은아들을 곁에서 돌봐 주기 위해서였을 것이다.

나는 한강을 건너 한성백제박물관이 있는 몽촌토성으로 왔다. 이곳은 초기 백제의 유적지로 추정되는 유력한 곳이다. 많은 사람은 지금의 서울이 서울이 된 것은 조선 시대부터라고 생각한다. 그러나 사실은 지금으로부터 2,000여 년 전 소서노가 이 한강 부근에 터를 잡으면서부터이다.

박물관에서 나는 그녀의 모습을 찾았다. 백제사 연대별 전시물 맨 처음에 그림[4] 한 장이 있었다. 어느 화창한 봄날인 듯. 소서노가 두 아들과 하인 한 명을 데리고 밖으로 나와 들을 둘러보는 평화로운 정경이었다. 성공한 아들들을 바라보는 어머니의 흐뭇하고 온유한 모습. 그녀의 가장 행복한 순간이었으리라. 나는 한참을 그녀의 얼굴을 바라보았다.

고구려와 백제의 창업 역사는 주몽과 온조가 주연이고, 감독은 사실상 소서노라고 할 수 있다. 세상에 낭군과 아들을 모두 새 왕조의 창업 왕으로 만든 이가 몇이나 될까? 아마도 뒷바라지의 일등을 뽑으라면 마땅히 소서노일 것이다. 어쩌면 오늘날 이 땅의 어머니들이 자식 뒷바라지를 위해 애

---

3) 지금의 인천 부근
4) 이 그림은 필자가 처음 방문했을 때(2012년쯤)에는 있었으나 나중에 다시 방문 했을 때는 박물관이 개편되어 이 그림이 없었음.

쓰는 모습은 그녀를 닮아서일까?

소서노는 죽어서 신이 되었다. 그녀가 61세로 죽자 온조는 한강 북쪽에 있던 위례성을 한강 남쪽으로 옮기고, 묘(廟)를 짓고, 우리나라 최초의 국모 신으로 소서노를 모셨다. 종교에서 주장하는 사랑, 사랑이 지극하면 신의 경지라고 할 수 있으리라.

해거름의 몽촌토성 길을 걸었다. 그녀는 이곳에서 멀지 않은 어디엔가 안식을 누리고 있을 것이다. 마음 한구석이 허전해 왔다. 이곳 어디쯤엔가 소서노의 사당이라도 다시 있었으면? 그녀의 모습을 보았으면? 좀 더 가까이 느껴볼 수 있었으면? 아쉬움이 진하게 몰려왔다.

왕위를 뺏긴
발기(發歧) 왕자의 한스러운 죽음

세상에 가장 억울한 일. 내가 한 나라의 왕이 될 차례인데 엉뚱하게도 다른 사람이 왕위를 차지했다면 이보다 더 억울한 일이 또 있을까?

고구려 제9대 고국천왕이 죽었을 때, 왕후 우 씨는 왕의 죽음을 비밀로 하고 밤에 몰래 왕의 동생 발기(發歧)의 집으로서 가서 말하기를 "왕이 후손이 없으니 그대가 마땅히 이어야 합니다." 말했다. 발기는 왕이 죽은 것을 알지 못하고 대답하여 말하기를 "하늘이 정하는 운수는 돌아가는 곳이 있으므로 가볍게 의논해서는 안 됩니다. 하물며 부인이 밤에 돌아다니는 것을 어찌 예(禮)라고 하겠습니까?" 하였다.

왕후는 부끄러워하며 곧 다음 동생인 연우의 집으로 갔다. 연우가 일어나서 의관을 갖추고, 문에서 맞이하여 자리로 안내하고 술자리를 베풀었다. 왕후가 말하기를 "대왕이 돌아가셨으나 아들이 없으므로 발기가 연장자로서 마땅히 뒤를 이어야 하겠으나, 첩에게 다른 마음이 있다고 하면서 난폭하고 거만하며 무례하여 당신을 보러 온 것입니다." 하였다. 이에 연우가 더욱 예의를 갖추며 친히 칼을 잡고 고기를 썰다가 잘못하여 손가락을 다쳤다. 왕후가 치마끈을 풀어 다친 손가락을 싸매 주었다. 왕후가 돌아가려 할 때 연우에게 일러 말하기를 "밤이 깊어서 예기치 못한 일이 있을까 염려되니 그대가 나를 궁까지 바래다주시오." 했다. 연우는 그 말에 따라 왕후의 손을 잡고 궁으로 들어갔다. 다음 날 새벽이 되자 왕후는 선왕의 명이라고 여러 신하에게 말하고 연우를 세워 왕으로 삼았으니 이이가 산상왕이다.

발기가 이를 듣고 크게 화가 나서 병력을 동원해서 왕궁을 포위하고 소리쳐 말하기를 "형이 죽으면 아우가 잇는 것이 예(禮)이다. 네가 차례를 뛰어넘어 왕위를 빼앗는 것은 큰 죄다. 마땅히 빨리 나오너라. 그렇지 않으면 처자식까지 목 베어 죽을 것이다." 하였다. 연우는 3일간 문을 닫고 응전하지 않았다. 나라 사람들도 또한 발기를 따르는 자가 없었다.

발기는 상황이 어려운 것을 알고 처자를 거느리고 요동으로 달아나서 한(漢)나라 태수 공손 탁 에게 이야기해서 병사 30,000명을 얻어 쳐들어왔다. 산상왕은 막내아우 계수에게 이를 막게 하니 한(漢)의 군사가 크게 패했다. 계수가 선봉이 되어 패배한 군사를 추격하니 발기가 계수에게 호소하여 말하기를 "네가 차마 지금 늙은 형을 해칠 수 있겠느냐?" 하였다. 계수는 형제 간의 정이 없을 수 없어 감히 해치지 못하고 말하기를 "연우가 나라를 양보하지 않은 것은 비록 의롭지 못한 일이지만 당신은 한때의 분노로 자기 나라를 멸망시키려고 하니 이는 무슨 뜻입니까? 죽은 후 무슨 면목으로 조상들을 보겠습니까?" 하였다. 발기는 그 말을 듣고 부끄럽고 후회스러움을 견디지 못하여 스스로 목을 찔러 죽었다. 계수는 소리 내어 슬피 울며 그 시신을 수습하여 매장하고 돌아왔다.

왕이 슬프기도 하고 기쁘기도 해서 계수를 궁중으로 불러들여 연회를 베풀고 가족의 예로 대접하고 말하기를 "발기가 다른 나라의 병사를 청하여 자신의 나라를 침범하였으니 죄가 막대하거늘 그대가 그를 이기고도 놓아주고 죽이지 않았으니 그것으로 충분하거늘, 그가 자살하자 통곡하며 매우 슬퍼하는 것은 도리어 과인더러 도리가 없다는 것인가?" 하였다. 계수가 얼굴빛이 바뀌며 눈물을 머금고 말하기를 "왕후가 비록 선왕의 유명으로 대왕을 세웠더라도, 대왕께서 예로써 사양하지 않으신 것은 일찍이 형제의 우애와 공경의 의리가 없었기 때문입니다. 신은 대왕의 미덕을 이루어 드리기 위하여 시신을 거두어 둔 것입니다. 어찌 이것으로 대왕의 노여움을 당하게 될 것을 헤아렸겠습니까? 대왕께서 만일 어진 마음으로 악을 잊으시고, 형을 상례(喪禮)로써 장사지내신다면 누가 대왕을 의롭지 못하다고 하겠습니까? 신은 이미 말을 하였으니 비록 죽어도 살아있는 것과 같습니다. 관아에 나아가 죽기를 청합니다." 말했다. 산상왕은 그 말을 듣고 앞자리에 앉아 따뜻한 얼굴로 위로하며 말하기를, "과인이 불초하여 의혹이 없지 않았는데, 지금 그대의 말을 들으니 진실로 잘못을 알겠다. 그대는 스스로 자책하지 말기를 바란다." 하였다. 왕자가 절하니 왕도 역시 절하였으며 매우 기뻐하며 자리를 파하였다.

이 이야기에서 막내 계수는 군사적으로 유능한 장수일뿐더러 어려운 상황에서도 형제간의 정(情)을 잊지 않았다. 그리고 자신이 한 행위의 공(功)을 윗사람인 왕에게 돌릴 줄도 알았다. 계수는 다소 이상적인 유교적 인간상인 것 같다.

연우는 기회가 왔을 때 놓치지 않고 잡아챌 줄 알았다. 아마 계수 말대로 예의상 양보했으면 어쩌면 왕 자리는 연우에게 오지 않았을지도 모른다.

연우는 현실에 맞게 처신하는 유연한 성격으로 상황에 대한 판단력이 좋았다. 포용력도 있었다. 왕의 자질을 갖춘 것 같다.

발기는 처음에 우 왕후가 찾아왔을 때 왕이 죽은 것을 알지 못한 상태이므로 쉽게 왕후의 말에 응하기는 어려웠을지도 모른다. 옛날에 왕이 아닌 사람이 왕이 되려고 하는 것은 자칫 잘못하면 역적이 될 수도 있기 때문이다. 그 점은 이해가 간다. 그런데 왕후가 어느 날 밤중에 갑자기 찾아왔다는 것은 틀림없이 중대한 일인데 왜 왔는지? 무슨 일이 생겼는지 구체적으로 알아보려 하지 않았을까? 참으로 아쉽다. 만약에 왕후에게 왕이 죽었다는 이야기를 들었다면 즉시 궁으로 들어가서 죽은 왕의 장례를 주도하고 발기가 왕이 되었을 것이다. 왕후에게 예(禮)를 언급하며 무안을 준 것은 더욱 아닌 것 같다. 한 여자의 마지막 자존심을 구겨버리는 말은 하지 말았어야 했다. 어찌 됐든 우 왕후는 왕후이므로 그에 합당한 예우로 대접하는 것이 맞을 것이다. 이 면에서 연우는 발기와 대조적이었다.

연우가 왕이 되었다는 얘기를 들었을 때 발기로서는 청천벽력이었을 것이다. 화가 났을 것이다. 그래서 자기 휘하에 있는 일부 병력을 동원하여 왕궁을 포위하고 항의했으나 항의해서 해결될 일이 아니었다. 만약에 발기가 압도적으로 우세한 병력을 갖고 있었거나, 성안에서 발기에게 응하는 사람들이 있었으면 발기가 혹시 성공했을지도 모른다. 그러나 그런 조건은 전혀 이루어지지 않은 상태에서 성급한 일이었다. 아무도 성안에서 발기에게 따르는 자가 없었다고 했다. 한편 발기가 당초에 우 왕후에게 말했던 것처럼 왕의 자리는 하늘의 운수대로 돌아가는 것이니 운명이라 생각하고 마음을 비웠으면 아무 일도 일어나지 않았을 것이다. 그렇게 생각했으면 발기는 왕의 형으로써 편안한 삶을 살았을지도 모른다.

　일은 더욱 나쁘게 됐다. 발기는 상황이 어렵게 되자 외국의 도움까지 얻어 쳐들어왔다. 그리고 또 패하여 쫓기는 신세가 됐다. 마지막에 발기는 후회했다. 부끄러워서 볼 낯이 없어서 자살했다.

　이 이야기에서 3명의 왕자의 각기 다른 인간상을 볼 수 있다. 그중에서도 한스러운 발기 왕자와 관련한 일의 진행을 보면 한때의 화를 참지 못한 것이 계속 악순환으로 확대 재생산됐다. 불행히도 이런 악순환은 옛날이나 지금이나, 크게는 나라와 나라끼리, 작게는 개인 간에도 볼 수 있는 일이어서 발기 왕자의 옛일을 다시 돌아보게 한다.

돼지를 잡고
임금님의 어머니가 된 이야기

고구려 제10대 왕 산상왕은 큰 걱정거리가 있었다. 옛날 왕실에서 대를 이을 왕자를 얻는 것은 중요한 일이다. 그런데 산상왕은 왕후 우 씨와 결혼한 지 7년이나 됐는데도 왕자를 보지 못하였다. 왕은 생각다 못해 따뜻한 봄날 산천에 아들을 보게 해달라고 간절히 기도하였다. 정성이 지극해서 통했나 보다. 왕의 꿈에 하늘이 "내가 너의 소후(少后)가 아들을 낳게 할 것이니 걱정하지 말라"고 했다. 꿈에서 깬 왕은 신하들에게 꿈 이야기를 하고 "나에게는 소후가 없으니 어찌해야 하는가?" 물었다. 당시 국상이던 을파소가 "하늘의 뜻은 예측할 수 없으니 왕께서는 기다립시오." 했다.

그 꿈을 꾸고 한 해 두 해 5년이나 지나갔다. 기다리던 아들은 아직도 보지 못하였다. 해가 바뀌기 전 11월 겨울, 하늘에 제사를 지내려고 하는데, 제사에 쓸 돼지가 달아났다. 담당자가 돼지를 쫓아 주통촌이라는 마을에 이르렀는데 머뭇거리다가 잡지 못하였다. 마침 스무 살쯤 된 어여쁜 여자가 있어 웃으면서 앞서서 돼지를 잡아주어 쫓던 사람이 돼지를 얻을 수 있었다. 왕은 이야기를 듣고 이상하게 여겨 그 여자가 보고 싶어졌다. 신분을 감추고 밤에 몰래 그 여자의 집에 이르러 시종을 시켜 알렸다. 그 집에서는 왕이 온 줄 알고 거절하지 못했다. 왕이 방으로 들어가 여자와 관계하고자 하자 그 여자가 아뢰기를 "대왕의 명을 감히 피할 수 없으나, 만약 다행히 자식이 생기면 저를 버리지 마십시오."라고 하니 왕이 허락하였다. 자정 무렵이 되어 왕은 일어나 궁으로 되돌아왔다.

해가 바뀌어 봄이 되었는데 왕후 우 씨가 왕이 몰래 주통촌에 다녀온 것을 알게 됐다. 왕후는 질투하여 몰래 병사들을 보내 그 여자를 죽이려고 하였다. 그러나 그 여자에게 귀띔해 주는 사람이 이미 있었던 모양이다. 남자 옷을 입고 도망해 달아났는데, 추격하던 병사들에게 따라 잡혔다. 그 여자가 병사들에게 묻기를, "너희들이 지금 와서 나를 죽이려고 하는 것은 왕의 명령이냐, 왕후의 명령이냐? 지금 내 배 속에 아이가 있는데 실로 왕이 남겨준 몸이다. 내 몸은 죽일 수 있으나 왕의 아이[王子]도 죽일 수 있겠느냐?"라고 하였다. 병사들은 감히 해칠 수 없었다. 왕후에게 그 여자의 말을 그대로 보고했다. 왕후는 화가 나서 굳이 죽이려고 했으나 뜻을 이루지 못하였다.

이 일은 산상왕의 귀에 들어가게 되었다. 왕은 그 여자의 집에 가서 묻기를 "네가 지금 임신하였는데 누구의 아이냐?" 물었다. 그 여자는 "저는 평생 형제와도 자리를 같이하지 않았는데 하물며 감히 다른 성씨의 남자를 가까이하겠습니까? 지금 배 속의 아이는 실로 대왕이 남기신 몸입니다." 대답했다. 왕은 위로하고 선물을 후하게 주고 궁으로 돌아와 왕후에게 말하니 왕후는 결국 감히 해치지 못하였다.

그해 가을 9월에 주통촌의 여자가 사내아이를 낳았다. 산상왕이 왕위에 오른 지 13년 만에 얻은 아들이었다. 왕은 기뻐서 말하기를 "이는 하늘이 나에게 대를 이을 아들을 준 것이다."라고 하였다. 그 어미를 소후(少后)로 삼고, 아들의 이름은 하늘에 제사 지낼 돼지의 일이 계기가 되어 그 어미를 얻었으므로 교체(郊彘)라 하였다. 여기서 '교체(郊彘)'의 글자의 뜻을 살펴보면 '교(郊)'는 '성 밖'이란 뜻이 있고, '체(彘)'는 '돼지'의 뜻이다. 따라서 옛날 시골에서 어렸을 때 아이들 이름 부르듯 하면 '돼지야'하는 식으로 불렀을 것 같다.

일찍이 소후의 어머니가 아이를 배고 아직 출산하지 않았는데 무당이 점을 쳐서 말하기를 "반드시 왕후를 낳을 것이다." 하였다. 어머니가 기뻐하고 아이를 낳자 이름을 후녀(后女)라 했었다. 후녀(后女)란 '왕후 또는 후궁이 될 여인' 그 정도 뜻일 터인데 실제로 그렇게 된 셈이다. 한편 딸이 임금의 부인이 될 것을 기대한다는 것은 그 집안이 평범한 백성이 아닌 적어도 왕실하고 혼인을 할 수 있는 그런 지위의 집안이었던 것 같다. 후녀가 자기를 해치려는 병사들이 오는 것을 먼저 알고 달아났던 것이나, 그 쫓던 병사들에게 따라잡히고서도 당당했던 것도 생각하면 예사로운 집안의 여인이었으면 쉽지 않을 듯싶다.

세월은 흘러 산상왕은 붕어(崩御)하고 돼지를 잡은 여인의 아들이 왕이 되었으니 동천왕이다. 동천왕은 성품이 관대하고 인자했다고 한다. 왕후가 왕의 성품을 시험해 보기 위하여 한번은 왕이 출타했을 때 왕이 타는 말의 갈기를 시종이 자르게 했더니 돌아와서 "말이 갈기가 없으니 불쌍하구나."라고 했다. 또 한 번은 시종이 식사를 올릴 때 일부러 왕의 옷에 국을 엎지르게 하였으나 역시 화를 내지 않았다고 한다. 아마도 동천왕의 성품은 어렸을 때 어머니인 후녀의 훈육 영향이리라.

후녀를 죽이려고 했던 산상왕의 우 왕후는 동천왕이 즉위한 후 어떻게 되었을까? 혹시 왕의 어머니를 죽이려고 했던 사람이니 조선 시대 연산군의 어머니를 죽게 한 사람들이 당하듯 정치 보복당하지 않았을까? 천만에도 동천왕답게 동천왕은 우 왕후를 즉위한 다음 해에 왕태후(王太后)로 모시는 예우를 베풀었다. 고구려 최초로 책봉 의식을 거친 정식 왕태후였다. 아마도 왕은 어머니인 후녀에게도 미리 여쭤보고 그렇게 했으리라. 후녀가 소후가 된 이후의 행적에 대해서 사서(史書)에서는 특출한 기록을 전하지 않는데, 아마도 무난한 삶을 살았기 때문에 그러리라. 한 가지 분명한 것은 동천왕 이후 고구려왕은 마지막 왕까지 모두 후녀의 핏줄이라는 점이다. 돼지 잡은 여인에게 대단한 영광이라 하겠다.

傳 구형왕릉을 돌아보고

▲ 傳 구형왕릉(경남 산청)

    우리나라에도 피라미드가 있다. 경남 산청에 가면 돌로 쌓아 만든 특이한 모습의 왕릉이 있다. 우리나라의 일반적인 무덤은 둥근 형태의 봉분 형식이며, 왕릉도 예외는 아니다. 그런데 이 무덤은 흙이 아닌 돌로 만들어져 있다. 전해 오는 바로는 가야의 마지막 왕인 구형왕의 능[5]이라고 한다.

내가 이곳에 처음 관심을 두게 된 것은 2013년 4월에 춘주수필문학회의 문학 답사 및 세미나 행사를 위해 사전 답사를 하게 되면서다. 차에서 내려 바라다보니 능으로 들어가는 우뚝 솟은 홍살문이 먼저 눈에 띄었다. 그 오른쪽 계곡에는 반월교가 놓여 있고, 건너편에는 마치 성벽처럼 잘 쌓은 석축 위에 작은 전각이 보였다. 그리고 안쪽으로 산 밑 아늑한 곳에 돌무더기의 왕릉이 자리 잡고 있었다. 전체적으로 자연과 인공물들이 조화가 잘 된 아름다운 풍경이었다.

멀리서 보기에는 자그마하게 보였으나 정작 바로 앞에 가서 보면 규모가 상당히 컸다. 자연석을 이용하여 산의 경사면에 계단식 7층으로 단을 쌓았는데 맨 아래층은 폭이 넓고 위에 있는 층일수록 폭이 점점 좁아지는 형태다. 얼핏 보면 피라미드의 한 면을 보는 느낌이다. 맨 위층에는 작은 봉분 형태로 돌로 둥글게 쌓아 놓았으며, 4층에는 특이하게도 사각형 창문 모양의 감실(龕室)이 만들어져 있다. 돌 하나하나는 검은색 이끼가 쌓여있어 예스러운 느낌을 주는데, 어른 혼자서는 들기 어려운 상당한 크기다. 많은 사람이 동원되지 않고는 만들어질 수 없는 규모라는 생각이 들었다.

이곳이 구형왕의 능으로 전해지는 것은 조선 정조 때 민경원이라는 유생(儒生)이 이곳에서 기우제를 지내고 돌아가다가 가까운 곳에 있는 왕산사에 들른 일이 계기라고 한다. 당시 이 절에는 오래된 나무 궤짝이 있었는데 아무도 열어 보아서는 안 된다는 말이 전해져 왔다. 중들의 말을 무시하고

---

5) 사적 제214호로 구형왕릉으로 전해지기는 하나 아직 확증은 없으므로 공식 명칭은 傳 구형왕릉이다.

나무 궤짝을 열었더니 구형왕과 왕비의 영정, 옷, 녹슨 칼과 왕산사의 유래를 기록한 왕산사기가 있었다. 이 왕산사기에 이곳이 구형왕릉이며 신라 문무왕 16년에는 신하를 보내어 보수했다는 기록도 있다고 한다.

구형왕(仇衡王)은 누구인가? 구해왕(仇亥王) 또는 양왕(讓王)으로 불리기도 한다. 바로 신라가 삼국통일을 하는 데 대단한 역할을 한 김유신 장군의 증조부이다. 삼국사기에 의하면 구형왕은 법흥왕 때 세 아들과 함께 신라에 투항한 것으로 되어 있다. 세 아들 중 막내인 김무력이 김유신 장군의 할아버지이며 신라가 지금의 한강 유역을 점령하는 데 큰 역할을 하였고, 나중에 백제 성왕을 전사시키기도 했다. 장군의 아버지 서현도 신라의 장군으로서 백제와의 전투에서 여러 번 이겼다.

대대로 내려오던 왕위를 버리고 신라에 항복할 때 구형왕의 심정은 어떠하였을까?

학자들에 의하면 가야의 세력이 약해진 것은 구형왕 때에 이르러 갑자기 그렇게 된 것이 아니고, 이미 선대에 신라와 비교하면 돌이킬 수 없는 정도로 약화한 상태였다고 한다. 그러나 오랫동안 이어져 온 사직을 버리고 신라에 항복하기는 쉽지 않았을 것이다. 일부 신하들은 신라에 투항해야 한다고 하고, 다른 신하들은 "우리 가야국은 오백 년 전통의 나라입니다. 전하! 끝까지 싸워서라도 사직을 보존해야 합니다."라고 강력히 주장했을 것이다. 사실 어떤 자리를 본인은 내려놓고 싶어도 주위 사람들 때문에 내려놓을 수 없는 경우가 많다고 한다.

이곳에 전해 오는 이야기에 의하면 구형왕은 신라가 쳐들어오자 사직을 지키는 것도 중요하지만, 끝까지 싸우게 되면 백성이 다치게 되고, 그것은 도리가 아니라고 생각하여 스스로 나라를 신라에 양도하였다고 한다. 그리고 신라에서 주는 관직도 뿌리치고 이곳 왕산 기슭에 있는 수정궁(水晶宮)에 은거하다 5년 후에 세상을 떠났다고 한다. 전설로는 있음 직한 이야기이다.

그러나 정사(正史)인 삼국사기에는 신라가 쳐들어갔다는 기록은 없다. 구형왕이 스스로 신라에 투항하였으며, 이에 대하여 신라에서는 제일 높은 관직을 제수하고, 본래 다스리던 가락국 전체를 식읍으로 삼게 하는 등 예(禮)로서 대접하였다고 한다.[6] 그리고 자손들도 대대로 왕족에 준한 대우를 받고 높은 벼슬을 하였다. 한편 구형왕은 신라에 항복하기 10년 전에 신라에 청혼하여 신라 귀족 여인을 왕비로 맞이했으며, 스스로 신라왕을 찾아가 교분을 두터이 한 일도 있다.

일반적으로 고대에는 세력이 약한 쪽이 강한 쪽에 끝까지 대항하면 전멸되거나, 살아남는다고 하여도 노예가 되는 등 좋은 대우를 받기 어렵다. 그러나 신라에서 최고의 예우를 한 것을 보면 비록 쇠약해지기는 했으나 아직 상당한 세력이었으며, 평소에 서로 친분이 있었던 것 같다. 두 나라가 합해지는데 갈등은 있었을 것이다. 그러나 전쟁보다는 지극히 평화적으로 이루어진 것 같다.

나중에 김유신의 누이동생 보희가 태종무열왕인 김춘추와 결혼하고, 그 아들인 법민이 문무왕이 됨으로써 사실상 가야국과 신라국은 혈연적으로도 완전히 합하게 된다. 구형왕은 비록 왕위를 버렸지만 그 피는 신라 왕실

---

6) 삼국사기 법흥왕 19년 : 金官國主金仇亥 與妃及三子 長曰奴宗仲曰武德季曰武力 以
   國帑寶物來降 王禮待之 授位上等 以本國爲食邑 子武力仕至角干

속에 계속 이어져 가게 된다. 먼 훗날 그의 김해 김씨 문중은 고려 시대에
도 번성을 누리고 오늘날까지도 이어 오게 된다. 어찌 보면 구형왕은 왕위
를 버림으로써 더 큰 영원(永遠)을 얻은 것은 아닐는지?

김유신 장군 어머니
만명 부인의 사랑 이야기

▲ 김유신 장군 태실(충북 진천 태령산)

충북 진천에 가면 김유신 장군 탄생지가 있다. 내가 이곳을 찾은 것은 물
론 김유신과 관련된 유적을 살펴보고자 함이겠으나, 더 중요한 이유는 그

옛날의 아름다운 로맨스, 김유신의 아버지 김서현과 어머니 만명 부인의 애 틋한 사랑 이야기에 이끌려서 그 감정을 일부라도 느껴보고 싶어서였다.

탄생지에 도착했더니 비각이 눈에 띄어서 가까이 가 봤다. 글씨는 한자 전서체로 쓰여 있는데 김유신 탄생지임을 알리는 흥무대왕 김유신 유허비 였다. 비석 받침은 거북이고, 비석 덮개 부분은 용이 조각되어 있었다. 이 비석은 옛날부터 있던 유적은 아니고 1983년에 이곳 터를 복원하면서 설치 한 것이라고 한다. 이곳이 사적지임을 알리는 시설물이다.

터는 산 밑에 있는 넓은 평지인데 안내판에 이곳 지명이 '담안밭'으로 불 리고 있음을 알려주고 있었다. '담안밭'이란 글자 그대로 담 안쪽에 있는 밭 이라는 뜻인데 둘레에 큰 담이 있었나 보다. 하기는 옛날 신라 때는 최전선 지역이고 태수가 집무를 보던 곳이었으니 그때는 단순한 담이 아니라 성 (城)이 쌓여 있었을 것 같다. 이곳에 김유신의 아버지 김서현 장군은 만노 군(萬弩郡) 태수로 부임해 있었다.

김유신의 부모가 경주(서라벌)에서 이곳 진천(만노군)으로 온 것과 관 련하여 재미있는 이야기가 있다.[7] 때는 신라 진평왕 때다. 가야국 김수로 왕의 후손인 김서현은 어느 날 길에서 왕족인 숙흘종의 딸 만명(萬明)을 보았다. 두 젊은 남녀는 서로 눈이 맞아 중매도 기다리지 않고 정을 통했 다. 김서현이 만노군 태수가 되어 떠나게 되었다. 만명이 함께 떠나려고 하자 숙흘종은 비로소 딸이 부모에게 알리지도 않고 야합(野合)한 것을 알게 되었다. 숙흘종은 딸을 미워하여 별실에 가두고 사람이 지키게 했

---

7) 출처 : 삼국사기 열전 김유신 상

다. 그런데 느닷없이 벼락이 문에 내리치고 지키던 사람이 놀라서 우왕좌
왕하게 되었다. 이 틈에 만명은 뚫린 구멍으로 빠져나와 탈출해서 김서현
과 함께 만노군에 이르게 되었다. 예나 지금이나 젊은 남녀의 열렬한 사
랑은 아무도 말릴 수 없는가 보다. 두 젊은이의 순수한 사랑, 사랑을 이루
지 못 하게 하는 갈등, 벼락이라는 우연으로 행복한 결말, 짧지만 마치 동
화 같은 이야기이다.

　김유신은 아버지가 하늘의 별 두 개가 자기에게 떨어지는 꿈을, 어머니
는 금(金) 갑옷을 입은 동자가 구름을 타고 집 안으로 들어오는 꿈을 꾸고
낳았다고 한다. 김유신의 태(胎)를 묻은 태실을 둘러보러 탄생지 뒤에 있
는 태령산을 올라서 봤다. 거리는 이곳에 있는 표지판에 의하면 약 1.3km
로 얼마 되지 않으나 상당히 가팔랐다. 능선을 올라 전망 좋은 곳에 태실
(胎室)이 있었다. 자연석으로 둥그렇게 석축을 쌓고 가운데는 흙으로 된
평평한, 전체적으로 야트막한 봉분 형태였다. 이것이 우리나라의 가장 오
래된 태실 형태라고 한다. 가까운 곳에 태를 묻을 수도 있었을 것이다. 굳
이 이 높은 곳까지 태를 가져와서 묻은 것은 김유신 부모가 나름대로 믿음
이 있어서였을 것이다. 옛사람들이 후손을 생각하는 정성이 대단하게 느
껴졌다.

　산에서 내려오면서 올라갈 때 지나쳤던 연보정에 들러봤다. 연보정이란
이곳에 있는 오래된 우물이다. 우물 직경이 1.8m, 우물 깊이가 2.6m라고
한다. 우물 밑에서 위에까지 둥그렇게 돌을 잘 쌓고, 앞쪽은 사람이 드나들
수 있도록 계단식으로 만들었다. 얼핏 보기에도 석축(石築)이 탄탄한 느낌
이 들었다. 이 우물은 아무리 가뭄이 들어도 마르지 않는다고 했다. 김유신

의 아버지가 이곳에 있을 때부터 사용됐던 우물로 전해진다고 한다.

김유신의 부모는 2남 2녀를 낳아서 모두 잘 키웠다. 첫아들 유신은 너무도 유명하여 말할 필요도 없고, 둘째 아들 흠순도 유신에 버금가는 이름난 장수였다. 첫째 딸 보희는 특별한 기록이 없는 것으로 봐서 무난한 삶을 산 것 같다. 막내딸 문희는 태종무열왕 김춘추의 왕후가 되었다. 모두 김서현과 만명 부인 두 사람의 사랑과 자식을 향한 정성의 결실이리라.

담안밭으로 되돌아왔다. 이곳은 김유신의 부모가 신혼살림을 하던 곳이다. 대부분의 사람에게 있어서 처음 결혼해서 살던 시절은 인생에서 가장 행복한 때 중의 하나이리라. 김유신 부모는 평범하지 않게 얻은 사랑이니 오죽했으랴? 서라벌에서 먼 이곳, 아무도 제한하지 않는 이곳에서 둘만의 꿈같은 나날을 보냈으리라. 두 사람을 생각하다 보니 시나브로 내 가슴도 두근거렸다.

젊은 시절 두 남녀가 만나서 사랑하는 것처럼 아름다운 것이 이 세상에 또 있을까? 우리 이제는 그들이 야합했다고 비난하지 말고 손뼉을 치자. 요즘 한가한 공원에서, 산책로에서 사귀는 젊은이들을 보면 한결같이 이쁘다.

나당전쟁의 현장, 대전리 산성을 찾아

▲ 대전리 산성에서 보는 한탄강과 전곡읍 일원

　매소성(買肖城), 기적이 일어난 곳이어서 찾고 싶었다. 그곳은 변방의 작은 나라 군대, 신라군이 당시 세계 최강인 당나라 대군에게 기적의 대승을 거둔 곳이다. 이 성(城)에서의 승리로 고구려를 멸망시키고 신라마저 집어삼키려 했던 당나라군의 기세는 결정적으로 꺾였다.

　매소성의 위치에 대하여 오늘날 학자들은 연천에 있는 대전리 산성으로 여기고 있다. 산성을 차량으로 갈 수 있다고 하여 차를 운전하여 좁은 비포장도로로 산성으로 향했는데 얼마 못 가 하얀 눈이 길을 덮고 있는 것이 보였다. 마침 산성에서 내려오던 현지 주민인 듯한 사람을 만나, 도움을 받아 좁은 눈길에서 차를 어렵게 돌리고, 산성에 대한 자세한 안내를 받았다. 차를 안전한 곳까지 이동하여 주차하고 걸어서 산성으로 가기로 했다.

흰 눈 덮인 길을 따라 걷다가 양지쪽 눈이 녹은 곳을 지나는데, 비포장도로 한가운데가 지난 여름철 폭우에 파였는지 차량 통행이 어려울 정도로 깊게 파였다. 차를 놔두고 걸어오길 잘했다는 생각이 들었다. 비포장길을 얼마 걷지 않아 경사가 가팔라지면서 도로는 시멘트로 포장한 길이 되었다. 길을 따라 한 굽이를 돌아 오르자 산 능선에 거의 도달했는데 차량을 돌릴 수 있을 정도로 편평한 빈터가 있고, 반가운 안내판도 보였다.

안내판은 왼쪽에 세로로 잘 보이게 큰 글씨로 '연천 대전리 산성', 가운데에 성의 전체적인 모습을 그린 그림과 성의 구조를 알 수 있도록 발굴 사진이 있었다. 오른쪽에는 성에 대한 설명이 있었는데, 이 성의 위치가 전략적 요충지라는 것과 신라가 한강 유역을 기습적으로 점령하고 국경방어를 목적으로 이곳까지 진출하여 6~7세기에 이 산성을 처음 만들었는데, 이 산성이 역사의 주 무대에 등장한 것은 나당 전쟁 때로 신라가 당의 20만 대군과의 전투에서 승리한 매소성이 이곳으로 추정된다고 했다.

시멘트로 포장된 산악도로는 거의 산 능선을 따라 이어졌다. 한곳에 이르자 이곳이 연천 대전리 산성 남벽이라는 빛바랜 작은 안내판이 있었다. 이곳 성벽은 성을 쌓을 때 보통 산 사면에 기대어 성의 한쪽에서만 쌓는 편축식이 아닌, 좀 더 발달한 축성방식인 안과 밖을 모두 돌로 쌓는 협축식 성벽이라고 했다. 이것은 이 성(城)이 그만큼 중요한 지점에 있어서 공들여

성을 쌓았다는 증거라 하겠다.

길을 따라 얼마 가지 않아 도로 옆에서 산 위로 오르는 타이어를 층층이 쌓아 만든 계단이 보였다. 처음 산성을 오를 때 만났던 사람이 이곳에 도달하면 도로를 따라가지 말고 계단을 올라 보라고 했었다. 계단을 올랐다. 작은 봉우리, 사방이 확 트인 전망대다. 눈앞에 한탄강과 연천 전곡 일대가 내려다보였다. 평범한 사람이 보기에도 이곳이 군사적으로 중요한 지점이라는 것이 느껴지는 그런 곳이었다. 성은 비록 크지 않지만 험준한 지형의 산성이어서, 이곳을 지키고 있으면 쳐서 빼앗기 어렵겠다는 생각도 들었다.

사서(史書)[8]에는 그때 '당나라 장수 이근행이 20만 군사를 이끌고 매소성에 머물렀는데 우리 군사가 공격하여 달아나게 하고 전마(戰馬) 30,380필을 얻었는데, 남겨놓은 병장기도 그 정도 되었다'고 기록하고 있다. 오늘날 학자들은 그때 매소성 전투에 투입된 당나라 군대 규모를 20만 그대로 보기는 어렵지만 나당 전쟁 수년간에 투입된 당나라 군대의 규모가 그 정도 되었을 것이며, 이곳이 가장 핵심적인 전장이었으므로 상징적인 의미에서 그렇게 기록하였을 가능성이 크다고 생각하는 것 같다.

매소성 전투에서 신라군은 당나라 군대가 보유했던 전마 3만 필 이상을 노획하였는데 학자들은 그에 상당하는 병장기도 그대로 노획한 것으로 보아서 그 말들은 전투할 때 타는 말이 아니라 버리고 간 수송용 말을 그대로 노획하였을 가능성이 크며, 그 정도 수송용 말을 보유한 군대의 규모는 최

---

8) 삼국사기 권 제7 신라본기 제7 문무왕(文武王)

소 5만 명, 많게는 그보다 많은 수만 명으로 보는 것 같다. 이에 비해서 신라군은 당나라 군대보다 작은 규모였을 것으로 보고 있다.

여하튼 그때 기병 위주로 편성된 당나라 군대는 세계 최강의 군대였으며, 험준한 곳에 있는 성(城)을 지키고 있는 유리한 형세였는데도 불구하고, 변방의 작은 나라 군대인 신라군에게 대패하여 성을 뺏기고, 달아난 것이다. 아닌 게 아니라 정말로 이런 일을 기적이라 하겠다. 학자들은 그때 당나라 군대는 보급의 어려움으로 사기가 떨어져 있었던 것으로 추정하는데, 아마도 이런 상황에서 생각지도 못한 신라군의 기습을 받아 허겁지겁 달아난 것 같다. 그때 신라군은 작지만 훈련이 잘된 강한 군대, 정예병들이었던 것 같다.

매소성 전투 이후에도 당나라 군대와 크고 작은 전투가 1년여 계속됐는데 한번 기세가 꺾인 당나라 군대는 신라군을 이길 수 없었다. 나당전쟁(羅唐戰爭)은 신라의 승리로 굳어졌다. 한 가지 유념할 점은 나당전쟁 중에 말갈, 거란은 당나라 편이었지만 고구려 유민들은 그래도 동족인 신라와 한편이 되어 당나라 군대와 싸웠다. 이 전쟁의 승리로 우리나라는 중국의 일부가 될 뻔한 운명에서 벗어나 독립국으로서의 전통을 유지할 수 있게 되었다.

대전리 산성(매소성)은 역사적으로 중요한 의미가 있는 곳이다. 적당한 때에 산성을 잘 정비해서 문화해설사가 해설하는 곳으로 활용하면 좋을 것 같다고 생각하면서 산성을 내려왔다.

금산사에서 견훤 대왕을 기리며

▲ 금산사 당간지주(전북 김제)

　절마다 내세우는 것이 있겠지만, 모악산 기슭에 있는 금산사는 미륵신앙의 근본 도량으로서 특징을 갖고 있다. 절 안에 들어서면 여러 건물 중에서도 국보 제62호인 3층으로 된 웅장한 미륵전이 가장 먼저 눈에 들어온다.

이 전각 안에는 실내에 봉안된 불상 중에서 동양에서 가장 큰 것이라고 하는 높이 11.82m인 거대한 미륵불상이 모셔져 있다. 미륵불은 미래에 중생들을 깨달음으로 인도하는 부처님이다.

내가 금산사를 찾았을 때는 마침 아침까지 오락가락하던 비가 잠시 멈추었다. 오래된 절로 올라가는 길 양쪽에는 아름드리나무가 줄을 지어 있었다. 큰 나무들에서 뿜어져 나와 코끝을 스치는 냄새가 신선했다. 절 마당에는 배롱나무의 예쁜 홍자색 꽃이 한창이었다. 여러분과 함께 문화관광해설사의 해설을 들으며 절 곳곳을 살폈다. 백제 법왕(599년) 때에 창건되어 통일신라, 고려, 조선 시대를 거쳐 현재까지 이른 유서 깊은 사찰이다. 그런데 왠지 모르게 허전했다. 절이 창건된 지 오래되다 보니 여러 시대의 유물들이 두루 있으나 정작 창건 당시 유물은 얼른 눈에 뜨이지 않았다.

금산사는 후삼국 시절 한 시대를 호령했던 견훤 대왕이 잠시 유폐되어 있던 곳이다. 그때부터 있던 유적이 궁금했다. 대왕과 함께했던, 대왕의 체취가 묻어 있는 물건을 보고 싶었다. 만져보고 싶었다. 나는 일행에게서 벗어나 그것을 찾아보기로 했다. 절 입구 부근에서 돌로 된 두 개의 기둥을 발견했다. 당간지주였다. 당간(幢竿)이란 절에 중요한 행사나 법회가 있을 때 장대에 깃발을 걸어서 알리는 것을 말한다. 지주(支柱)는 바로 당간을 지탱하는 기둥을 말한다. 안내 표지석에 신라 혜공왕 무렵 만들어진 것이라는 설명이 있었다.

바로 이것이다! 그 옛날 대왕은 절 안에서 이쪽을 향해 바깥을 바라보며 온갖 회한(悔恨)에 잠기셨을 것이다. 나는 지금 대왕이 보시던 것을 천년의 세월을 통해서 똑같이 보고 있는 것이다. 당간지주 앞에 서서 이곳에 계실 때 그분의 심정을 헤아려 보았다.

'한스럽다. 오래전에 사라진 백제를 다시 일으켰다. 올바른 정치를 시작한다는 뜻에서 정개(正開)란 연호를 세웠다. 삼국을 통일하고, 평양성 문루에 활을 걸고, 대동강 물을 말에게 마시게 한다는 웅대한 이상을 가졌다. 한때 세 나라 중에서 가장 강성했다. 통일이 바로 눈앞에 보이는 것 같았다. 아 그런데? 신검 그 녀석은 아무리 생각해도 임금의 재목이 아니다. 나의 꿈을 실현할 수 있는 놈이 아니다.'

대왕은 분통이 터질 것 같았다. '나의 이상이 실현될 수 없다면? 나의 이상이 엉뚱한 방향으로 변질하여 버린다면? 대왕은 참을 수 없었다. '그렇다면 내 손으로 차라리 허물어 버리자. 그리고 나의 꿈을 꺾은 그놈은 도저히 용서할 수 없다.' 그래서 고려 태조에게 투항하기로 하였을 것이다. 원대한 꿈을 갖고 평생을 전쟁터에서 보낸 분이 목숨 따위가 아까워 항복했을 리가 없다. 영웅은 영웅을 알아본다고 했다. 고려 태조는 견훤 대왕을 상부(尙父)로서 극진히 받아들였다.

나중에 후삼국이 통일되었다. 대왕은 고려 태조가 신검을 죽이지 않자 화병이 나서 돌아가셨다. 당간지주를 어루만지며 생각에 잠겨 보았다. 과연 대왕의 뜻은 전혀 이루어지지 않았을까? 돌려 생각해 보면 대왕께서 그토록 바라시던 것은 당신을 대신하여 고려 태조에 의해서 대부분 이루어졌다. 세 나라가 한 나라가 된 것도 그렇고, 분열과 혼란의 시대가 끝나고 새로운 정치가 시작된 것도 그렇고, 대왕을 핍박하던 이들도 대부분 그에 대한 대가를 치렀다. 물론 본인이 직접 하지는 않았으므로 마음이 아주 흡족하지는 않을 수 있다. 그러나 세상에 완전한 것은 없는 것 아닌가?

주위가 어수선해졌다. 일행들이 금산사 관람을 마치고 돌아가기 위해 내려오고 있었다. 나는 자리를 떠나기 전에 잠시 축원을 드렸다. '대왕이시여! 이제 원한을 내려놓으소서! 부디 미륵부처님이 오시는 세상에 왕생하소서!'

연천 경순왕릉에서

▲ 경순왕릉(경기 연천)

　연천 경순왕릉을 찾았다. 이 왕릉은 경주 지역을 벗어나 경기도 지역에 있는 유일한 신라 왕릉이다. 이 점 때문에 특별히 찾아보고, 그에 얽힌 사연을 생각해 보고 싶었다.

　내가 경순왕릉 찾은 날은 11월 옅은 안개가 끼고 찬바람이 이는 을씨년스러운 날이었다. 주차장에서 경순왕릉으로 올라가는 길에는 참나무의 넓은 낙엽이 길을 덮고 있었다. 흐릿한 풍경 속에 이리저리 흩어져 있는 낙엽들을 보노라면 지금은 모든 일을 마무리해야 하는 계절이라는 상념이 일었다.

언덕길을 한 굽이를 돌자 경관이 넓어지며 바로 왕릉이 있는 곳에 도착했다. 주차장에서 왕릉까지는 5분 거리, 가까웠다. 왕릉은 야산 기슭에 있는데 낮은 울타리가 쳐져 있어서 봉분 바로 앞까지는 갈 수 없고 울타리 밖에서 조금 올려 보아야 했다. 봉분 뒤쪽을 감싸고 있는 담장과 앞쪽에 장명등, 좌우에 망주석이 눈에 띄었다. 경순왕이라고 쓰인 비석의 글씨도 보여서 이곳이 경순왕릉이라는 것을 알게 하였다. 왕릉 오른쪽 아래에는 비각이 있어 가까이 가서 들여다보았는데 비석의 글씨가 전혀 보이지 않았다. 이것은 경순왕릉 추정 신도비라고 전해지는데 마모 상태가 심하여 내용을 알 수 없고 몇 개의 글자만 알아볼 수 있다고 하였다. 비각 오른쪽에는 제사를 지내기 위한 제기용품을 보관하는 조그만 재실이 있고, 재실 앞길 건너편에는 문화관광해설사가 머무르는 곳이 있었다. 현재의 경순왕릉은 오랜 시절 잊혀 있다가 조선 영조 대왕 때 후손들에 의해 재발견되어 영조 대왕의 왕명으로 조선시대 양식으로 다시 만들어진 것이라 한다.

왕릉 가운데 아래쪽에서 왕릉을 올려다보며 두 손 모아 기도를 드리고, 왕릉 앞에 넓게 펼쳐진 마당을 거닐면서 생각에 잠겨 보았다. 그날 마의태자는 "어찌 1천 년 사직(社稷)을 하루아침에 가벼이 남에게 주는 것이 옳은 일이겠습니까" 했다. 그러나 왕은 "이제 형세가 나라를 보전할 수 없다. 이제 더는 강해질 수도 없고 약해질 대로 약해져서 더는 약해질 수도 없을 정도니. 죄 없는 백성들의 간(肝)과 뇌장(腦漿)이 땅에 쏟아지게 하는 일을, 나는 차마 할 수 없다." 하고 고려에 항복할 것을 결정했다. 왕이 된 지 9년째 되던 해였다.

생각해 보면 왕은 처음부터 왕이 될 생각은 없었다. 견훤에 의해 어느 날 갑자기 이종사촌 형 경애왕의 뒤를 이어 생각지 않게 왕이 되었다. 그러나 왕이 돼서 처음 한 일은 울면서 비운에 간 형 경애왕의 장례를 치르는 거였고, 국토는 나날이 견훤에게 빼앗기고, 왕건에게 잠식되어 불과 한 줌만 남게 되었다. 그러던 차에 견훤이 금산사에 잡혀 있다가 탈출하여 왕건에게 항복하는 대사건이 발생했고, 왕건 측의 고등 전략에 의하여 신라의 민심은 이미 거의 왕건 쪽으로 기울어진 상황이 되었다. 이런 때에 즈음하여 왕은 모든 것을 내려놓기로 마음먹었다.

고려 태조 왕건은 왕을 최고의 예우로 대접했다. 정승공(正承公)으로 봉했는데 그 지위는 태자보다 위에 있게 했다. 신라는 경주로 이름을 바꾸어 그대로 왕의 식읍으로 삼게 했다. 시종했던 관원과 장수들은 그대로 고려 조정에서 복무하게 했다. 태조의 맏공주인 낙랑공주를 왕에게 시집 보내어 사위·장인 관계를 맺기도 했다.

왕은 고려 태조에게 귀순한 이후에 많은 자식을 두고 오래오래 살았다. 왕위를 내려놓고 45년의 세월을 더 살다가 사망했다. 출생 연도가 명확히 알려지지 않아서 사망 당시의 나이를 정확히 알 수는 없지만 고려에 귀부할 때 혈기 왕성한 십 대인 듯한 마의태자가 있었던 것으로 봐서, 그때 왕의 나이를 30세 중반 정도라고 가정하면 거의 90세까지 오래 살았다. 왕은 그사이 고려가 견훤의 아들 신검으로부터 항복 받아 삼국을 통일하는 것을 보았고, 고려가 왕이 죽을 때까지 임금이 다섯 사람이나 바뀌면서 겪는 갈등, 즉 왕자와 공신들 간의 알력, 건국에 기여한 공신들의 대량 숙청 사건도다 지켜보았다. 그런 것을 바라보는 왕의 심정은 어떠했을까? 인생무상(人生無常)을 생각했을까? 아니면 왕은 모든 것을 내려놓은 상태, 초월한 상태라 세속적인 일에 개의치 않고 그냥 마음 편하게 그렇게 오래 살 수 있지 않았을까?

한편 경순왕의 사촌 여동생이 태조 왕건과 결혼하여 아들을 낳았는데 그이가 8대 임금 현종의 아버지인 안종이다. 즉 8대 임금 현종은 신라의 외손(外孫)인데, 이후 고려의 왕통은 마지막 왕까지 모두 현종의 자손으로 이어진다. 신라 왕실의 계보가 고려 왕실의 계보로 이어진 것이다. 이 사실에 대하여 삼국유사를 지은 일연 스님은 "경순왕의 음덕(陰德)이 아니겠는가?" 하면서 "경순왕이 고려 태조에게 귀순한 것은 비록 마지못해 한 일이기는 하지만 아름다운 일이다. 만약 그렇지 않고 세력을 생각하지 않고 고려에 저항했으면 가족을 멸망시키고 죄 없는 백성들에게 해가 미쳤을 것이다." 했다.

출발했던 주차장으로 되돌아왔다. 주차장 앞 가까운 곳에 잘 조성된 또 다른 큰 묘역이 있어서 찾아봤다. 경순왕과 왕건의 맏공주인 낙랑 공주 사이에서 난 경순왕의 넷째 아들 대안군과 경순왕의 7세손 태사공의 묘역이었다. 경순왕의 후손들이 경순왕이 죽은 다음에도 고려시대에 권세 있는 집안으로 부귀영화를 누린 것을 알 수 있었다.

경순왕릉 구역을 모두 돌아보고 돌아올 때쯤 안개가 개어서 해가 보이며 환해졌다. 경순왕은 모든 것을 내려놓음으로써 모든 것을 얻은 사람, 그렇게 생각하니 마음이 가벼워졌다.

고려 시대

장화왕후의 사랑을 찾아서

▲ 장화왕후 오씨 유적비(전남 나주)

만남은, 사랑은 운명이라고 했던가? 며칠 전 꿈 생각이 아직도 생생했다. 영산강 나루터 쪽에서 용이 날아오더니 갑자기 처녀의 뱃속으로 들어왔다. 놀라서 잠이 깨어 부모님에게 말했더니 다들 이상하게 생각했었다. 처녀는 그 생각을 하며 빨래 하고 있었는데 누가 부르는 소리에 쳐다봤다. 한 젊은 장수가 가까이 와 있었다. 이 장수는 포구(浦口)에 전선(戰船)을 정박 시키고 있는 수군(水軍) 장수였다. 그는 강가를 바라보았더니 오색(五色) 구름 같은 기운이 보여서 그것에 이끌려 오다가 처녀가 있는 이곳까지 온 것이다. 이 장면은 태조 왕건과 왕건의 제2 비인 장화왕후(莊和王后) 오씨 (吳氏)가 처음 만나는 광경을 고려사의 기록에 의해 상상해 본 것이다.

내가 나주 완사천을 찾았을 때 그곳에는 벚꽃이 막 피는 화창한 날이었 다. 우선 커다란 비석이 눈에 띄어 다가갔다. 비석 전면에는 세로로 작은 글씨로 고려왕건태조비(高麗王建太祖妃), 큰 글씨로 장화왕후오씨유적비 (莊和王后吳氏遺蹟碑)라고 쓰여 있었다. 비석의 왼쪽 측면과 뒷면에는 왕 건의 여러 차례에 걸친 나주 출정, 장화왕후 오 씨와의 만남, 두 번째 임금 혜종이 된 장자(長子) 무(武)의 출생과 책봉, 나중에 후삼국이 통일될 때까 지의 사건들이 기록되어 있었다. 오른쪽 측면에는 단기 4322년[9] 12월이라 는 비석을 설치한 연도가 새겨져 있었다.

장화왕후 오 씨 유적비 비문(碑文)을 천천히 전부 읽어 보았다. 대체로 관련된 사건들을 순서대로 요령껏 기술하고 있다고 생각되었다. 그런데 의아스러운 점이 눈에 띄었다. 우선 '父親은 多憐君 諱 禧이며, 祖父의 諱는 昉인데 字를 富伅이라 하였다.' 라는 문구가 있었다. 정사(正史)인 고려사 에는 장화왕후의 할아버지와 아버지 이름을 '祖富伅, 父多憐君'으로 간단 히 표시하고 있는데 비석에 있는 휘(諱)와 자(字)는 어디에 근거한 것인지

---

9) 서기로는 1989년이다.

이상한 생각이 들었다. 다음은 '元子 武를 大匡 朴述熙의 奏請에 依하여 太子로 冊封하고'라는 문구가 있는데 고려사에는 '冊子武爲正胤'으로 기록되어 있다. 고려사를 보면 고려 초기에는 태자(太子)를 임금의 대를 이을 후계자가 아니라 일반적인 왕자들의 호칭으로도 사용한 것을 알 수 있다. 이런 이유에서인지 임금의 대를 이을 왕자에게는 특별히 정윤(正胤)이란 용어를 사용했었다. 역사서에 있는 그대로의 용어를 사용했었으면 좋았을 텐데 하는 안타까운 생각이 들었다.

비석 아래쪽에는 왕건과 장화왕후가 처음 만났을 때 광경을 조형물로 만들어서 방문객들이 실감 나게 설치 해 놓은 것이 있었다. 처녀가 말을 탄 장수에게 바가지에 물을 담아 공손하게 올리는 모습이다. 이것은 이곳에서 이야기되는 전설을 시각화한 것이다. 왕건은 처녀를 처음 봤을 때 말을 걸기 위해 물 한 그릇을 달라고 했다고 한다. 처녀는 바가지에 샘물을 뜬 다음에 샘 옆에 있는 버드나무 잎을 훑어 넣어서 주었다. 왕건이 버드나무 잎을 띄워서 주는 이유를 물었다. 처녀는 급하게 물을 마시면 체할 수 있으므로 살살 마시도록 버드나무 잎을 넣었다고 말했다. 왕건은 기이(奇異)하게 생각하여 처녀의 나이를 묻고 혼인을 약속하게 되었다는 것이다. 고려사에는 두 사람이 처음 만났을 때 처녀가 빨래하고 있었다는 사실은 있지만, 완사천이라는 지명과 왕건이 처음 만났을 때 처녀에게 물을 달라고 요청했다거나, 물에 버드나무 잎을 띄워서 주었다거나 하는 이야기는 없다. 이 이야기는 아마도 우리나라에서는 여성의 외면적인 겉모습, 미모(美貌)보다는 내면적인, 배려하는 마음을 더 높게 쳐 주었던 전통에서 만들어진 이야기가 아닌가 싶다.

다음은 두 사람이 만난 곳이라고 이야기되고 있는 완사천 샘물을 찾아보았다. 샘물은 가로 7m 정도, 세로 5m 정도 사각형의 주위를 돌로 쌓은 평지보다 약간 오목한 곳에 있었다. 계단으로 몇 발짝 내려가면 가운데에 둥그렇게 돌을 쌓았는데 그 안에 샘물이 고여 있었다. 한편 한쪽 편에 시녀 형상의 동상이 바가지의 물을 돌확에 붓는 조형물이 있었는데, 이 물은 바가지가 비치되어 있어 물을 마실 수 있었다. 이곳 완사천 샘물은 원래는 옹달샘 수준이었는데 나주시에서 정비 사업을 할 때 지금과 같은 형태로 만들었다고 한다. 많은 사람이 소원을 빌기 위하여 이곳에 온다는 이야기가 있었다. 나도 경건하게 두 손을 모으고 잠시 소원을 빌어 보았다.

샘물에서 나와서 의자에 앉아서 생각해 보았다. 왕건은 왕이 되기 전에 해군 장수로서 출중한 실력을 보여 주었다. 나주에는 십여 년간 몇 차례 왔었다. 어떤 때는 상당히 장기간 머무르기도 했다. 나주 지역은 왕건이 왕이 되기 전에 송악 다음으로 중요한 기반이었다. 이렇게 될 수 있었던 것은 나주 지역의 유력한 호족인 장화왕후의 오씨 가문과 끈끈한 유대관계가 있어서였을 것이다. 왕건이 한번 나주지역으로 올 때는 기록에 의하면 2,000명 이상의 병력을 데리고 왔었다. 일반적으로 옛날에 군대가 외지에 장기간 머무를 때는 현지 보급에 의존했었다. 적어도 나주의 오씨 가문은 그러한 규모의 군대를 먹일 수 있는 재력을 보유한 집안이었다고 생각할 수 있겠다.

왕건은 기록에 의하면 29명의 부인이 있었다. 그들은 대부분 왕이 된 다음에 한 정략결혼에 의한 것이다. 왕이 되기 전에는 제1 비 신혜왕후와 제2 비 장화왕후만 있었던 것 같다. 왕건은 여러 부인 중에서 어느 부인을 가장 사랑했을까? 아마도 장화왕후가 아닐까? 왕건이 나주에 드나들 때는 20대 후반부터 30대 후반까지의 한창때, 당시 나주 지역은 어찌 보면 어려운 조건의 최전선 지역이었다. 왕건의 젊은 시절 어려울 때 현지에서 보필한 것이 장화왕후다. 이런 부인이 가장 기억에 남지 않을까? 그래서인지 나중에 왕건은 오씨 가문이 다른 호족들에 비하여 세력이 약한 것을 염려하면서도 장화왕후 소생의 무(武)를 다음 자리를 이을 정윤으로 책봉했다. 사랑하는 여인이 아니라면 그런 일은 없었을 것이다.

왕건은 직접적으로 장자 무(武)를 후계자로 정하겠다고 말하지 않고, 임금이 입는 자황포를 넣은 상자를 장화왕후에게 주었다. 왕후는 이것을 다시 당시 권신인 박술희에게 보여주고, 박술희라는 신하의 주청에 의하여 무(武)를 정윤으로 책봉하는 형식을 꾸미게 하였다. 장화왕후는 이 일을 기획하였을 것이다. 현명한 여성이었던 것 같다.

개태사, 백성이 편안한 세상을 염원하며

▲ 개태사 신종루(충남 논산)

개태사(開泰寺), 열 개(開) 편안할 태(泰), 편안한 세상을 여는 절이라는 뜻이다. 절 이름에는 나름대로 뜻이나 까닭이 있겠지만 충남 논산에 있는 개태사야말로 그 이름에 상응하는 유래가 있다. 이 절을 창건할 때 고려 태조 왕건이 직접 지어서 올린 일종의 발원문인 화엄법회소(華嚴法會疏)를 보면 그 취지가 잘 나타나 있으며, 아울러 그 당시 태조 왕건의 기개와 마음가짐도 헤아려 볼 수 있다.

때는 후삼국 시대도 거의 끝나갈 즈음, 후삼국 시대 최대, 최후의 전투가 현재 경북 선산 지역에서 있었다. 일리천(一利川) 전투라고 불리는 이 전투에서 태조 왕건군은 후백제 신검군에게 대승했다. 이 승리의 순간을 화엄법회소에서는 다음과 같이 말하고 있다.

"지난 병신(丙申)년 가을 9월 숭선성 근처에서 백제와 교진(交陣) 하니 한번 외침으로 광흉(狂凶)한 무리가 무너지고 다시 북을 치니 역당(逆黨)은 얼음 녹듯이 사라졌습니다. 개선가를 하늘에 들릴 정도로 부르고 환호성은 땅을 흔들었습니다." 이 문장을 몇 번 읽다 보면 그 당시 환호하는 군사들의 모습이 눈에 보이는 듯하며, 가슴이 뛴다.

이 전투가 끝난 후에 왕건군은 신검군을 쫓아 마지막 일격을 가하기 위해 현재 개태사가 있는 지역으로 이동하여 주둔하고 있었다. 그때 돌연 신검이 문무 관료를 인솔하고 항복하러 왔다. 서로 나누어져 오랜 전쟁으로 시달리던 후삼국 시대가 끝나는 순간이다. 삼국이 다시 하나로 통일되는 감격스러운 순간이었다.

화엄법회소에서 왕건은 후삼국 시대의 상황을 "세상이 병사들로 가득 차 재앙을 가져왔고, 사람은 살 수 없고 담도 온전한 곳이 없었다."고 하면서 "도둑의 무리를 소탕하여 도탄에 빠진 백성을 구하고 백성들이 마을에서 마음 놓고 농사와 누에를 칠 수 있는 세상을 만들겠다."고 다짐했었던 일을 적고 있다.

꿈에 그리던 그 세상, 세상 사람들이 편안한 마음으로 생업에 종사할 수 있는 새 세상이 이루어진 것이다. 이에 이를 기념하고자 개태사를 창건하였으니 화엄법회소에서 "부처님이 붙들어 주심에 보답하고, 산신령님의 도와주심을 갚으려고, 특별히 담당 관서에 명하여 불당을 창건하니 산 이름을 천호(天護)라 하고 절의 이름을 개태(開泰)라 한다."라고 하여 개태사 창건 취지와 염원을 말하고 있다.

화엄법회소에서 "오랫동안 피로 얼룩진 원수였음을 기억하기보다는 조상이 같은 한나라의 백성임을 생각하여 지나는 고을마다, 적의 거짓 수도(僞都, 전주)에 들어서도, 가느다란 터럭 하나도, 한 줌의 풀도 다치지 않았음을 부처님은 아실 겁니다."라고 말했다. 고려사에 보면 항복한 후백제의 관료 중에서 불과 몇 명만을 악을 징벌하는 차원에서 참형에 처하거나 유배 보냈다. 나머지 대부분의 관료는 항복을 받아들이고 위로하였다. 포로로 잡혀 있던 3,200명의 후백제 군사들도 40명만 제외하고는 그대로 방면하여 고향으로 돌아가 부모와 함께 살 수 있게 하였다. 군기가 엄숙하여 지나는 고을마다 백성에게 일절 피해가 없었다. 늙은이나 어린이나 "임금께서 오셨으니 우리가 다시 살아났네" 하며 만세를 부르고 환호했다고 한다. 옛날 다른 나라의 전쟁을 보면 수많은 포로를 무참히 살해하거나, 노예로 삼거나, 점령지의 주민을 약탈하는 것은 흔한 일이었다. 왕건의 군대는 참으로 정의의 군대다웠다. 왕건은 대단한 포용력이 있는 군주이다.

내가 개태사를 방문했던 때는 9월 하순, 춥지도 덥지도 않은 계절이었다. 보통 유명한 절들이 깊은 산속인 데 비하여, 개태사는 큰 도로변에 있어서 찾아가기가 쉬웠다. 나름대로 유래가 있는 개태사의 커다란 쇠솥을 보았다. 대략 직경 3m 높이 1m에 이르는 솥으로 이 절의 전성기에는 얼마나 많은 사람이 절에 머물렀었는지를 짐작하게 했다. 이 절의 중심 건물인 극락대보전에 들렀다. 이곳에는 아미타불, 관세음보살, 대세지보살 삼존불이 모셔져 있다. 이 불상들은 고려 초기의 작품이라고 한다. 그전에 사진으로 봤을 때는 좀 무뚝뚝한 인상을 받았었는데, 실제로 보았더니 비교적 단순하면서, 튼튼한 느낌, 그러면서도 대자대비(大慈大悲)한 부처님답게 부드러운 느낌이 들었다.

이 절의 특징 중의 하나인 고려 태조 왕건의 어진이 모셔져 있는 어진전(御眞殿)에 들렀다. 안내판에 의하면 고려 시대 때는 어진전에 왕건의 옷한 벌과 옥대가 보관되어 있었으며 나라에 큰일이 있을 때는 이곳에서 점을 치기도 했다고 한다. 현재 어진전은 2013년에 신축 완공한 것이라고 했다. 모셔져 있는 고려 태조 왕건 어진에 세 번 절을 올렸다. 나로서는 단순히 왕이었기 때문에 절을 올린 것이 아니고, 위대한 포용의 군주였기 때문에 마음에서 우러나서 절을 올렸다.

우리 역사를 보면 왕조가 바뀌거나 중대한 사건으로 역사의 변곡점이 된때가 더러 있었다. 그중에서 보통 백성들 입장에서 가장 감격스러운 때가언제였을까? 분열의 시대를 마감하고 통일의 새 시대를 열었던 개태사가창건될 무렵, 대립을 끝내고 포용과 화해를 이룬 그때, 사람들이 전쟁을 잊고 편안한 마음으로 생업에 종사할 수 있게 된 그 시절이 아니었을까?

현종 임금의 피난길에 만난
두 절도사의 운명

▲ 고려 현종 임금 일천 년 공주 기념비(충남 공주)

　고려 8대 임금 현종, 그는 참으로 드라마틱한 삶을 살았다. 아버지 왕욱
과 어머니 헌정왕후는 모두 태조 왕건의 핏줄을 이은 고귀한 왕족이었다.

그러나 어린 나이에 부모님이 돌아가시고, 유력한 왕위 계승 후보자란 이유로 이것을 원치 않는 이모인 헌애왕후에 의하여 강제로 머리를 깎이고 절로 보내졌다. 몇 차례 암살 위기를 절에 있던 노승의 지혜로 간신히 넘기기도 했다.

강조의 쿠데타로 열여덟 나이로 어느 날 갑자기 왕이 되었는데 얼마 지나지 않아서 거란이 침입하였다. 서경의 군대가 패전하고 개경이 적군에게 점령될 위기에 놓이자 왕은 신하들과 함께 항복하는 것에 대해 의논하게 되었다. 여러 신하 중에서 강감찬만이 홀로 지금은 적군과 비교해 상대가 되지 않으니 잠시 남쪽으로 피했다가 천천히 회복할 방안을 모색하자고 하였다. 그런데 위급한 경우에 왕을 호종하기로 했던 장수가 있었는데 어디 갔는지 정작 필요한 지금은 보이지 않았다. 그때 마침 서경에서 싸우다가 돌아온 지채문 장군이 "신이 비록 둔하고 부족함이 있지만 바라건대 좌우에 머물면서 개와 말과 같은 노고(犬馬之勞)를 바치고자 합니다."라고 말하며, 왕의 호위를 자청하였다.

1010년 12월 28일(음력) 밤중에 현종 임금은 급하게 남쪽으로 피난을 출발했다. 일행은 현종과 원정 왕후, 원화 왕후 두 왕비, 이부시랑 채충순을 비롯한 몇 명의 관리, 그리고 지채문 장군이 지휘하는 금군(禁軍) 50여 인으로 단출했다. 현종의 피난 기간은 이날부터 다음 해인 1011년 2월23(음력)일까지 55일간이었다. 개경에서 출발해서 남쪽 나주까지 갔다가 되돌아왔다. 우리나라는 나라가 어려울 때 임금님이 수도를 버리고 피난 갔던 적이 더러 있었다. 그러나 고려 현종만큼 피난 기간에 임금님으로서 대우도 제대로 받지 못하고 고난을 겪은 임금은 없었다.

적성현(파주) 단조역에 이르렀을 때는 견영이란 무졸(武卒)이 역인(驛人)들과 함께 임금 일행을 향해 활시위를 당기며 범하려고 해서 지채문이 말을 타고 다니며 활을 쏘아 물리쳤다. 날이 저물어 창화현(양주)에 이르렀을 때는 고을 아전이 건방지게 임금에게 "왕께서는 저의 이름과 얼굴을 아십니까." 말했다. 임금이 대답할 가치가 없으므로 못 들은 척하자 오히려 화를 냈다. 변란을 일으키고자 사람을 시켜 장수 하공진이 왔다고 거짓으로 소리치며 임금의 신하 중 누구누구를 잡으러 왔다고 했다. 이에 놀란 신하 중에서 일부가 달아났다. 밤이 되어 도적들이 다시 오자 임금을 시종하던 이들이 대부분 도망가 숨어 버리고 두 왕후와 시녀 2명, 승지 2명만이 임금을 모시고 있었다. 그나마 지채문이 혹 나갔다가 혹 들어오면서 임기응변하여 도적들이 감히 가까이 오지는 못하였다. 날이 밝아 올 때 적들이 알아차리지 못하게 사잇길로 빠져나가서 겨우 수습할 수 있었다.

해가 바뀌고 개경이 함락되었다. 화친을 청하러 갔던 신하가 적에게 잡혔다는 소식이 들려오자 그때까지 호종하던 신하들마저 몇 명만 남기고 대부분 뿔뿔이 도망쳤다. 호위하던 군사들도 처자식을 찾는다는 핑계로 도망갈 궁리만 했다. 그나마 사산현(천안 직산면)에 이르렀을 때 밭에서 기러기들이 날아오르자 지채문이 활을 쏘아 명중시키며 "이런 신하가 있는데 어찌 도적을 염려하십니까?"라고 말하며 임금과 일행을 안심시켰다.

공주에 도착했을 때는 공주 절도사 김은부가 교외에서 예를 갖추어 맞이하며 아뢰기를 "어찌 성상(聖上)께서 산을 넘고 물을 건너 서리와 눈을 맞아가며 이러한 극한 상황에 이르시게 되리라 생각하였겠습니까."라고 한 뒤 의복·허리띠·토산물을 올리니, 왕이 기뻐하며 받아들여 옷을 갈아입고 토산물을 호종하던 관료들에게 나누어 주었다. 날이 저물어 파산역에 이르렀는데 역리들이 모두 도망가고 먹을 것이 없었다. 김은부가 때맞춰 음식을 가지고 와서 아침저녁으로 대접하였다. 김은부는 현종 임금의 피난길에 유일하게 임금을 임금답게 예우한 사람이었다.

왕이 여양현(충남 홍성군 장곡면 지역)에 이르렀을 때는 호위하던 군사들이 극도로 사기가 저하되어 언제 모두 달아날지 모르는 상태였다. 이들을 달래기 위해 지채문의 건의에 따라 그때까지 남아있었던 듯한 16명의 군사에게 즉석에서 중윤(中尹)이란, 오늘날로 치면 9급 공무원에 해당하는 벼슬을 내려야만 했다.

삼례역에 이르자 전주절도사 조용겸이 맞이했는데 평상복(野服) 차림이었다. 전주로 들어가려다가 신하의 건의에 의하여 인근 장곡역(완주군 이서면)에 묵게 되었다. 이날 저녁 전주 절도사 조용겸이 왕을 억류하여 위세를 부리고자 여러 사람을 동원하여 북을 치며 떠들썩하게 소란을 피우며 나아왔는데, 지채문이 문을 굳게 지키게 하자 감히 들어오지 못했다. 왕은 사람을 시켜 주동자인 조용겸과 다른 한 사람만을 따로 불러들이자 장수들이 조용겸을 죽이려고 했다. 지채문이 가까스로 만류해서 그만두게 하고 이후 왕후의 말을 끌고 움직이게 하다가 전주로 되돌려 보냈다.

왕은 나주까지 가서 머무르다가 거란군이 물러갔다는 소식을 듣고 회군했다. 돌아갈 때는 올 때와는 달리 무난히 돌아간 간 것 같다. 별다른 어려움을 겪은 기록이 보이지 않는다. 아마도 정세가 변하여 그렇게 됐을 것이다. 호종하던 신하들과 군사들의 사기도 살아났을 것이다.

회군하는 길에 전주에 들러서 7일 동안이나 머물렀는데 조용겸에 관한 기록은 전혀 없다. 아마도 임금 일행에게 눌려 조용히 지냈거나 아니면 다른 곳에 가 있었거나 했던 것 같다. 공주에도 6일 동안 머물렀는데 그때 김은부는 큰딸에게 현종 임금에게 옷을 지어 바치게 하고, 이것을 인연으로 큰딸은 왕후가 되는 영광을 얻게 되었다.

피난길은 현종 임금 일행에게는 어렵고 고된 위험한 시기였다. 이러한 피난길에 만난 한 사람의 절도사는 임금 일행의 어려움을 보고 측은지심(惻隱之心)으로 임금을 임금으로서 정성을 다하여 예우한 데 비하여 다른 한 사람의 절도사는 임금 일행의 약한 처지를 보고 오만불손(傲慢不遜)하게 임금을 무시하고 이용하려고 한 무례함을 보였다.

전쟁이 끝나고 5개월쯤 지나 조금 안정되었을 때 형부(刑部)에서 왕이 남행할 동안 경거망동한 조용겸 일당을 관직에서 이름을 삭제하고 유배 보낼 것을 건의하였다. 왕은 이를 허락했다. 이후 조용겸에 관한 역사 기록은 찾을 수가 없으니 아마도 유배지에서 삶이 다할 때까지 보냈으리라.

반면에 김은부는 왕의 장인으로서 형부시랑(刑部侍郎), 호부상서(戶部尚書) 등 높은 벼슬을 누리다가 천수를 다한다. 김은부의 첫 딸에 이어 둘째 딸, 셋째 딸도 나중에 현종의 왕후가 된다. 더욱 중요한 것은 현종 다음 왕인 덕종, 정종, 문종이 모두 김은부의 딸인 왕후 소생, 즉 김은부의 외손이며, 이후 고려 마지막 임금까지 모두 김은부의 핏줄이라는 점이다.

두 절도사의 운명은 너무 대조적이다. 한 사람은 자신을 낮춰서 지극한 영광을 얻었고, 다른 한 사람은 자신을 내세우려 하다가 영원히 잊히는 존재가 되었다.

현화사비 비문을 읽으며

▲ 현화사비(사진 출처 한국학중앙연구원)

옛날에 쓰인 비문(碑文)을 읽으면 마음이 설렌다. 일반적인 역사서는 세
월이 훨씬 지난 다음에 후대의 사람들이 그 전의 자료를 모아서 편찬한 것

인데 비하여, 비문은 그 당시 사람들이 하고자 하는 말을 그대로 담고 있기 때문이다. 오래된 비석의 글을 읽고 있으면 옛사람과 대화하는 느낌이 들기도 한다.

현화사비는 현재 개성에 있으며 북한의 국보급 문화재이다. 따라서 실제 접근해서 실물을 보기는 어려우나 그 비문의 내용은 알려져 있다. 고려 현종이 부모님의 명복을 빌기 위하여 지은 현화사 창건을 기념하여 1021년(현종 12년)에 세운 비다. 앞면에는 현종의 부모인 안종과 헌정왕후의 삶, 현종의 부모에 대한 지극한 효성, 부모의 명예를 드높이기 위해 했던 일들이 기록되어 있다. 뒷면에는 이외에도 현화사를 지을 때 발생한 여러 가지 영험과 기이한 일, 현화사 창건 과정이 자세히 기록되어 있다.

비(碑)에서 현종의 아버지 안종이 태조의 친아들임을 밝혀 현종이 고귀한 신분을 계승했음을 말하고 있다. 성종 말년인 993년에 거란이 쳐들어왔을 때 당시 임금인 성종이 안종에게 잠시 남쪽으로 피난 가 있다가 형세가 호전되면 되돌아오라고 하며, 그곳에서 필요한 토지와 물품, 노비 등을 하사하고 호위할 사람들까지 붙여 주었다고 한다. 그래서 남쪽 사주(泗州)[10]에 이르러 그곳에 머무르다가 996년 7월에 그곳에서 운명한 것으로 되어 있다.

비(碑)의 위 내용은 역사서인 고려사와는 다른 부분이 있어 생각하게 했다. 현종의 어머니 헌정왕후는 원래 성종의 바로 윗대인 경종 임금의 비(妃)였다. 경종 임금이 죽은 후에는 궁에서 나와 사저(私邸)에 머물렀다. 어

---

10) 현재 경남 사천

느 날 꿈을 꾸었는데 높은 고개에 올라가 소변을 보았더니 온 장안이 은빛 바다로 가득 찼다. 점을 쳤더니 "아들을 낳으면 일국의 왕이 될 것이다." 했다. 헌정왕후는 "내가 과부가 되었는데 어떻게 아들을 낳겠는가? 반문했다고 한다. 그런데 그 후 얼마 안 되어 이웃에 사는 안종과 가까이하게 되며, 안종의 집에 머무른 것 같다. 성종은 이것을 알게 되자 노해서 안종을 멀리 사주로 유배 보냈다. 국왕의 비(妃)였던 사람이 다른 남자와 정식 결혼하지 않고 사통(私通)했다는 것이 문제가 되었던 것 같다. 헌정왕후는 고려사에는 현종을 낳고 바로 죽은 것으로 되어 있고, 비(碑)에는 그다음 해에 병으로 죽은 것으로 되어 있다.

비(碑)에는 안종이 성종의 권유에 의해서 사주로 간 것으로 되어 있는데 고려사에는 유배를 간 것으로 되어 있다. 이것은 정황상으로 유배를 간 것이 맞는 것 같다. 왜냐하면 안종이 사주에 도착했을 때 시종해 온 사람은 서울로 되돌아가고 자기는 돌아갈 수 없음을 한탄하는 내용의 시(詩)가 전해진다. 권유에 의해서 사주로 왔으면 전쟁이 끝났으면 바로 개경으로 되돌아갔을 것이다. 그런데 그렇게 못하고 사주에 몇 년 더 머무르다가 그곳에서 운명한 것으로 되어 있다. 그러면 왜 비(碑)에는 사실과 다르게 기록했을까? 현종 임금 부모의 명예를 회복하기 위한 비이므로 유배 간 것이 사실이라고 하더라도 비(碑)에 그대로 기술하기에는 부담이 되었던 것 같다. 이 점을 어떻게 기록할까? 당시로서도 많이 고민했을 거 같다.

현화사는 최사위란 신하가 공사 책임자가 되자 집에서 잠자지 않고, 4년 동안 현장에 머무르며 공사에 전념하여 완공했다고 한다. 옛사람들이 일을 맡으면 얼마나 정성을 다했는지를 알 수 있게 해 준다. 절을 지을 무렵에 전국 각지에서 여러 차례 사리와 구슬이 출현하는 등 기이한 일이 있었음도 적고 있다. 절이 완공되자 현종은 수레를 타고 이곳에 행차했는데 얼굴에 즐거움이 가득 찼다고 했다. 신하들과 함께 종을 치며 기쁨을 나누었다고 했다고 한다. 멀리 중국 송나라에까지 사신을 보내어 대장경을 구해 이 절에 보관하기도 하고, 명망 있는 스님을 초빙하여 주지 스님으로 모신 일도 적고 있다. 현화사는 현종의 아버지 능인 건릉 동쪽 가까운 곳에 산과 물이 감싸고 도는 곳에 지었다고 한다. "가까이서 보니 아름답고 멀리서 바라보니 그림과 같도다"라고 현종이 말한 것으로 보아 경관이 뛰어난 곳에 있었던 것 같다.

이 비(碑)의 처음 부분에는 다음과 같은 요지의 글이 있다. "신은 천지가 열린 이래 성명(聖明)하신 임금으로는 요(堯)임금과 순(舜)임금뿐이라고 들었습니다. 요임금은 어짊(仁)으로써 세상을 다스렸고, 순임금은 효(孝)로서 세상을 교화했습니다. 중국의 많은 황제와 주변국의 왕 중에서 요순을 이어받기를 원하지 않은 사람은 없었을 것입니다. 그러나 그 도를 끝까지 계속한 사람은 드물고 대부분 중도에서 그만두었습니다. 요순의 도를 본받으면서도 중간에 그침이 없었던 것은 오직 우리 성상(聖上)뿐이실 것입니다." 현종을 중국의 요순에 상당하는 위대한 임금으로 기술하고 있다.

동양에서 이상으로 생각하는 요순! 현종은 정말 유교주의 국가의 군주로서 갖춰야 할 인(仁)과 효(孝) 두 가지 덕목을 갖춘 그렇게 대단한 임금인가? 처음에는 의아한 생각이 들었다. 그런데 현종에 대해 역사서에 기록된 내용을 살펴볼수록 차츰 수긍하게 되었다.

인(仁)의 측면에서 현종은 언젠가 가뭄이 들자 하늘을 향해 다음과 같이 축원한 적이 있다. "과인에게 죄가 있다면 즉시 벌을 내려 주시고, 온 백성에게 죄가 있더라도 또한 과인이 감당할 것이오니 비를 내리는 은혜를 베푸시어 백성을 구원해 주십시오." 과연 백성을 생각하는 임금의 축원답다. 감응했는지 큰비가 내렸다고 한다. 전쟁에서 전사한 군인의 장례와 그 가족의 부양을 위한 일, 오늘날로 말하면 보훈 정책을 이미 그때 실시한 것도 놀랍다. 군란(軍亂)을 일으킨 장수들을 무더기로 처형한 적이 있었는데 그 가족들은 얼마 지나지 않아 석방했다. 옛날에는 연좌제가 있어서 역적의 가족을 풀어준다는 것은 생각할 수도 없는 일이다. 대단한 인(仁)이라고 생각된다.

효(孝)의 측면에서 현종은 어릴 때 부모를 잃고 자라는 과정에서 부모 없는 설움을 톡톡히 경험했다. 강제로 머리를 깎이고 절로 추방되고, 몇 차례 암살 위기도 넘겼다. 누구보다도 부모에 대한 그리움이 사무쳤을 것이다. 즉위하자 부모를 추존하는 예를 거행하고 종묘에 모시는 의식 등 예법에 정해진 절차를 밟았다. 멀리 사주에 있는 아버지의 능(陵)도 가까운 곳으로 옮겼다. 여러 가지 조치를 했지만 그래도 부족하다고 생각하여 부모의 명복을 빌기 위한 현화사를 창건하기에 이르렀다. 동양에서는 전통적으로 한 나라의 군주가 효의 모범을 보이는 것을 중하게 여기고 있다. 현종은 충분히 이의 전형이 된다고 생각된다.

현화사비의 앞면은 주저(周佇)가 짓고 채충순(蔡忠順) 글씨다. 비의 뒷면은 채충순이 짓고, 썼다. 두 사람은 현종이 2차 거란 침입으로 나주까지 피난 갔을 때 끝까지 고생하며 호종한 몇 안 되는 신하이다. 가장 신임하는 신하에게 현화사비 비문을 짓고 쓰게 한 셈이다. 이런 사유로 현화사비는 현종의 업적을 미화할 수밖에 없다. 그러나 그렇다고 하더라도 터무니없는 것은 아니다. 사람들은 흔히 거란이 3차 침입했을 때 강감찬 장군이 이를 물리친 것은 잘 알고 있다. 강감찬 장군은 본래 키도 작고 외모가 볼품이 없었던 것 같다. 이런 사람의 잠재력을 알아보고 발탁한 임금이 바로 현종이다. 현종은 국난을 극복하고 고려를 중흥(中興)시킨 성공한 임금이다. 그것이 가능했던 것은 인물을 알아보는 혜안(慧眼)과 함께 만민(萬民)을 사랑하는 유불(儒佛)의 깊은 소양을 지녔기 때문이 아니었을까? 현화사비 비문을 읽으며 이를 다시 생각해 본다.

선동 계곡을 다녀와서

▲ 척번대(강원 춘천 오봉산 선동계곡)

선동(仙洞) 계곡이라. 신선이 사는 곳. 내가 사는 춘천의 오봉산에는 그런 곳이 있다. 이 산에는 숱하게 다녀 봤지만, 이번에는 좀 색다른 형태의 산행을 하기로 했다. 늘 이산에 오면 대개 능선을 따라 걷다가 정상에 들른 다음에 부리나케 내려오는, 어찌 생각하면 산꼭대기만을 다녀오기 위한 산행이었다. 이번에는 정상에는 아예 올라갈 생각을 하지 않고, 이 산 깊숙이

자리 잡고 있는 선동 골짜기를 천천히 걸으며 가을 계곡의 풍광과 옛날 고려 시대에 이곳에서 노닐던 한 거사(居士)의 삶을 음미해 보기로 했다. 평소 지역 향토사에 대하여 조예가 깊은 J형과 단출하게 길을 나섰다.

청평사 담장을 따라서 골짜기를 올라가다 보면 길 오른쪽에 오래된 부도 2개를 지나 곧 해탈문에 이르게 된다. 문은 지난겨울에 왔을 때는 지붕 일부가 훼손된 위태로운 상태로 금줄이 쳐져 있었으나, 지금은 아예 파손된 지붕이 철거되고 양쪽 기둥만 남아 있었다. 전에 보지 못한 낯선 모습을 보게 되어 조금은 생경하였으나 잠시 걸음을 멈추고 해탈문의 의미를 나름대로 생각해 보았다. 아마도 신선이 되려면 우선 세상의 번뇌부터 모두 다 잊어버려야 하리라.

해탈문을 지나서 조금 올라가면 골짜기가 두 개로 갈라진다. 안내판은 우리가 둘러보고자 하는 여러 장소가 모두 오른쪽 계곡에 있음을 알려주고 있었다. 새로 접어든 골짜기 초입새는 양쪽이 절벽인 좁은 협곡인데 오른쪽 절벽에 오래전에 음각된 듯, 이끼가 껴서 눈여겨 살펴봐야 알아볼 수 있는 한자(漢字)가 있었다. 글씨는 청평 선동(淸平仙洞)이다. 이곳이 선동 계곡의 관문, 이제부터 신선의 세계로 들어가는 셈이다.

선동 계곡에 들어서자 곧 자그마한 이단 폭포가 있고, 폭포 위쪽 한쪽에 자연석이 마치 인공적으로 층층이 쌓은 듯이 보이는 커다란 바위가 있으니 척번대(滌煩臺)다. 척번대는 번뇌를 씻는 곳이라는 뜻으로 수행자들이 이 바위에 앉아서 참선 수행을 하였다고 한다. 함께한 J형이 권하기에 나도 바위 위에 편안한 자세로 책상다리하고 잠시 앉아 보았다. 눈높이로 바라보니 골짜기를 건너 나지막한 능선이 이곳을 감싸고 있는 형국이다. 때마침 능선에 있는 참나무들은 절반쯤 단풍이 들어 연한 초록과 노랑으로 알록달록하게 물들여진 커튼을 두른 듯했다. 바로 앞 가까이 내려다보면 빨간 단풍잎 사이로 작은 폭포가 보였다. 지금은 바짝 말라서 물이 없지만, 폭포에 물이라도 흐르는 모습을 내려다보고 있으면 저절로 마음이 깨끗해 질듯한 분위기이다. 전체적으로 아늑한 공기가 느껴졌다. 마음이 편안해졌다. 내가 마치 잠깐 도사(道士)가 된 기분이 들었다.

척번대를 지나서 얼마 가지 않아서 다시 작은 폭포가 있으니 식암 폭포이다. 길은 폭포 왼쪽 가파른 바위 사면에 설치된 밧줄을 잡고 오르게 되어있다. 폭포 위에 물이 흐르는 암반에는 사각형으로 움푹 인공적으로 파낸 곳이 두 개가 있고 흐르는 물이 가득 차 있었다. 이곳에 있는 안내판에는 이곳이 진락공 세수터로 진락공 이자현이 이 부근에 암자를 짓고 참선 공부를 하였으며, 손과 발을 씻기 위한 장소라고 설명되어 있었다. 그러나 다른 이들에 의하면 이곳은 손발이 들어가기에는 좀 작고 얕으며, 조롱박으로 물을 뜨기에 적당한 크기인 것이 찻물 자리라는 견해가 있는 곳이다.

이자현은 고려 중기 때의 사람으로, 그의 집안은 할아버지 때부터 왕실과 이중 삼중으로 결혼한 당대에 제일가는 권세가 집안이었다. 그는 과거에 급제하여 대악서승이란 벼슬까지 올라 앞날이 창창했으나 돌연 벼슬을 버리고 이 산으로 들어왔다. 이곳에는 그전에 아버지가 지은 보현원이 있었는데 이름을 문수원이라고 바꾸고 여러 곳에 암자를 짓고, 계곡 곳곳에 정원을 꾸몄다. 그리고 평생 이곳에서 베옷을 입고 소박한 음식을 즐기며 선(禪)을 공부했다고 한다. 그전까지 경운산이었던 산 이름도 청평산으로 바꾸고 자신의 호도 식암(息庵) 또는 청평거사(淸平居士)로 한 사람이다.

찻물 자리에서 맑은 계곡물을 한 모금 마시고 오른쪽 능선 위로 올랐다. 이곳에는 70년대에 건립한 적멸보궁이라는 조그마한 암자가 있었으나 너무 낡아서 최근에 헐어버렸다. 건물이 있을 때는 얼른 보이지 않았으나 철거된 지금은 절벽에 청평식암(淸平息庵)이라고 음각된 해서체의 한자가 뚜렷하게 잘 보였다. 이 글씨는 이자현의 친필이라고 전해 오고 있다. 이곳에는 옛날부터 적멸보궁이 있었던 것은 아니고, 원래 이자현이 머무르던 암자가 있던 터라고 전해 오는 곳이다.

잠시 쉬면서 이야기를 나누었다.

J형이 먼저 말을 꺼냈다.

"이자현이는 왕을 고모부로 하여 태어났지요. 27세 때 아내를 잃은 다음에 벼슬을 버리고, 속세와 인연을 끊고 이곳에 와서 37년을 살았어요."

"나중에 왕이 세상으로 나오라고 불렀는데도 나가지 않았는데 몸이 안 좋아서 요양하느라 그랬을 거라는 사람도 있었어요. 어떻게 생각해요?"

"아마 그렇지 않을 거에요. 원래부터 자연을 좋아하고 선(禪)을 좋아했던 사람 같아요. 결과적으로는 잘됐지요. 정치적 야심이 많았던 사촌들은 결국은 비참하게 죽었는데 이자현이는 왕들의 존경을 받으며 천수를 누린 셈이지요."

바위와 늙은 소나무가 어우러진 자리가 편안해 보였다. 문득 언제 이곳에 다시 와서 텐트를 치고 계곡을 내려다보면서 야영하고 싶어졌다. 이런 곳에서 하룻밤 자다 보면 어쩌면 이자현처럼 꿈에 문수보살을 볼 수 있을 것 같은 생각도 들었다. 세상의 복잡한 일 다 잊고 경치 좋은 곳에서 여유 있게 노닐던 이자현의 삶. 그것이 바로 신선의 모습일 것이다.

선동 계곡을 다녀와서 세속을 초탈한 이자현의 고고한 모습이 한동안 마음속을 떠나지 않았다. 그래서 그에 관한 흔적을 찾다가 어느 날 고려사 열전에서 그에 관한 기록을 보게 되었다. 언젠가 왕이 천성(天性)을 수양하는 데 가장 중요한 것이 무엇이냐고 자문을 구했을 때 이자현은 "욕심을 적게 하는 것보다 좋은 것은 없습니다.[11]" 라고 대답하고 이에 관한 글을 올린 적도 있었다. 한데, 그 기록의 마지막 부분에 그의 성품에 관하여 다음과 같이 적고 있었다.

性吝, 多畜財貨擧物積穀, 一方厭苦之(성린 다축재화거물적곡 일방염고지)
'성품이 인색하여 많은 재산을 모은 데다 재물과 곡식을 쌓아두니 그 지방 사람들이 그를 싫어하고 괴롭게 여겼다.'

이것은 도대체 웬 말인가? 그가 왕에게 한 말이나 이제껏 생각했던 그의 인상과는 다른 것이다. 얼마나 지나쳤으면 역사책에까지 인색하다고 기록이 돼 있을까? 그렇다면 그는 비록 벼슬에서는 손을 놓았지만, 세속에서 벗어나지 못했던 사람. 조금만이라도 백성들을 배려하는 삶을 살았으면 좋았으련만. 결국, 그의 선(禪)이란 혼자만의 마음을 편하게 하기 위한 선이었단 말인가? 이제까지 선망해 온 이자현의 이미지가 무너져 내렸다. 순간 당황스러웠다. 시나브로 허전함과 아쉬움이 몰려왔다.

---

11) 再見問養性之要, 對曰, "莫善於寡欲." 遂進心要一篇.

이규보의 부정(父情)

▲ 이규보 묘(인천 강화)

　이규보는 고려 무신 정권 최충헌, 최우 시대에 활약했던 대 문장가이다. 그의 유고집이라고 할 수 있는 동국이상국집에 기록되어 오늘날 전해지는 시와 산문만 해도 2,000여 편이 넘는다고 한다. 그는 당시 중요한 외교문서 작성을 전담했을 정도로 산문에도 능했지만, 시인으로서 그는 오늘날 사람들이 휴대전화를 이용하여 메시지를 주고받듯이, 당시 세상 일상사와 관련하여 항상 시를 짓고, 시를 주고받는, 시의 생활화를 이뤘던 사람이다. 그의 여러 시 중에서 애틋한 부정(父情)을 느끼게 하는 시가 있어서 음미해 본다.

두 아이를 생각한다.	憶二兒(억이아)
나에게 어린 딸 하나 있는데	我有一弱女(아유일약녀)
벌써 아빠 엄마 부를 줄 안다네	己識呼爺孃(기식호야양)
내 무릎에서 옷을 끌며 애교 부리고	牽衣戲我膝(견의희아슬)
거울을 대하면 엄마 화장을 흉내 낸다.	得鏡學母粧(득경학모장)
이별한 지 이제 몇 달인가	別來今幾月(별래금기월)
홀연히 내 곁에 있는 것 같구나	忽若在我傍(홀약재아방)
(중략)	
오늘 아침 홀연히 너를 생각하니	今朝忽憶汝(금조홀억여)
흐르는 눈물 옷깃을 적시누나	流淚濕我裳(류루습아상)
마부야 빨리 말을 먹여라	僕夫速秣馬(복부속말마)
돌아갈 마음 날로 더욱 바빠지는구나	歸意日轉忙(귀의일전망)

이규보는 젊은 시절인 29세 때 어머니를 뵈러 경상도 상주에 갔다가 병이 나서 집으로 바로 오지 못하고 그곳에서 3개월 동안이나 머무른 적이 있었는데 이 시(詩)는 그때 지은 것이다. 이 시를 읽으면 엄마! 아빠! 부르며 아장아장 걸음을 걷는 예쁜 여자 아기가 눈앞에 있는 듯하다. 귀여운 아이가 거울을 보면서 엄마 화장 흉내를 내는, 여자아이다운 모습도 눈에 선하

다. 이규보의 첫딸인 이 아이는 머리가 갈까마귀 모양 까맸다고 하는데 또 다른 시(詩)인 「도소녀(悼小女)」를 보면 26세 때 낳은 이 딸은 총명하기도 했던 것 같다. 얼굴은 눈처럼 하얗고, 두 살 때 이미 말도 유창하게 했었다. 세 살 때는 부끄러움을 아는지 낮가림했고, 올해 네 살인데 벌써 바느질과 베를 짜는 것도 배우려고 했다고 한다. "이별한 지 이제 몇 달인가?" 했지만 아직 석 달이 지나지 않은 때였다. 집에서 멀리 떠나왔지만 귀여운 어린 딸의 얼굴이 문득문득 눈에 스치는 아버지의 애틋한 마음, 딸을 생각하면 눈물이 옷깃을 적셨다.

왜 딸을 생각하면서 눈물까지 흘렸을까? 이규보는 나중에는 재상까지 됐지만 젊은 시절, 이때쯤에는 요즘으로 말하면 취업난에 몹시 시달렸다. 꽤 가난했던 것 같다. 사랑하는 귀여운 어린 딸에게 예쁜 옷도 입히고 싶고, 맛있는 음식도 먹이고 싶었을 것이다. 그러나 그렇게 할 수 없었던 현실, 혹시 그래서 눈물까지 흐르지 않았을까? 지극한 아버지의 마음을 알 것 같다. 이규보는 하루라도 빨리 돌아가 귀여운 딸의 모습을 보고 싶은 마음도 그대로 표현했다.

내게 사랑하는 아들 하나 있으니	我有一愛子(아유일애자)
그 이름은 삼백이란다	其名曰三百(기명왈삼백)
장차 이씨(李氏) 가문을 일으킬 것이고	將興指李宗(장흥저이종)
(중략)	
바라노니 네가 그분들을 닮아서	願汝類其人(원여류기인)

재능과 명성이 원백을 초월하기를	才名躪元白[12] (재명린원백)
내 평소 얼굴 필 날이 적었는데	我生小展眉 (아생소전미)
너를 얻고 나서는 늘 웃고 장난친단다	得汝長笑謔 (득여장소학)
가끔 남을 대해 자랑도 하여	往往向人誇 (왕왕향인과)
비로소 아이 칭찬하는 버릇이 생겼다	始得譽兒癖 (시득예아벽)
중략	
귀한 네 이마를 어루만질 길이 없으니	無由撫犀顱[13] (무유무서로)
슬퍼서 가슴이 아프다	惻惻傷胸膈 (측측상흉격)

삼백이는 이규보가 28세 때 얻은 첫아들이다. 이마가 훤칠했다고 한다. 삼백이가 태어나고 7일이 되었을 때 당시 이름 있는 세 학사가 찾아와서 시를 지어 아들 낳은 것을 축하했다고 한다. 아들이 그 학사들을 닮아서 재능과 명성이 뛰어나고, 이씨(李氏) 가문을 일으켰으면 하는 아버지로서의 바람을 표시하고 있다. 남에게 아들을 자랑하며 웃던 이규보의 소박한 모습이 보이는 듯하다. 지금은 멀리 떠나와 아들을 어루만지지 못하는 서운함을 가슴이 아프다고 표현하고 있다. 지극히 아들을 사랑하는 아버지의 마음이리라.

한편 이규보는 평생 술을 좋아했다. 술에 취하면 시(詩)가 술술 나오는 버릇이 있었다. 그런데 그의 또 다른 시(詩)인 「아삼백음주(兒三百飮酒)」를 보면 이 아들이 조금 더 자라서 아직 어린 나이에 술을 마시는 것을 보

---

12) 元白(원백) 당나라의 문장가였던 원진과 백거이
13) 犀顱(서로) 무소 서, 머리뼈로, 이마가 귀인의 상(相)이라 한다.

고는, 제발 아들은 아버지의 술에 취하는 나쁜 버릇은 배우지 말았으면 하고 아들을 나무라는 모습도 볼 수 있다.

자녀들을 위해서 무엇인가 해주고 싶고, 자녀들이 나보다도 더 잘되고, 더 낫기를 바라는 것은 우리 아버지들의 마음이리라. 멀리 떨어져 있을 때는 말은 안 해도 아이들을 보고 싶어 하고 궁금해한다. 이규보는 자녀들에게 다정다감한 아버지였을 것 같다.

이규보는 5남 3녀를 낳았는데 그중에서 성인으로 자란 자녀는 4남 2녀였다. 그 옛날에는 어릴 때 사망률이 높아서 딸과 아들을 각각 한 명씩 일찍 여의었다. 이규보는 사랑하는 아이들을 잃을 때마다 시인으로서 애달픈 감정을 시(詩)로 써야 했다.

그 옛날에도 아들딸을 혼인시키기는 것은 쉬운 일이 아니었던 것 같다. 이규보의 나이 71세 때 막내아들을 혼인시키고 "자식들 혼사 이제는 끝났으니 죽더라도 오히려 달갑게 관 속에 들겠네" 하고 그의 시(詩)에서 후련한 마음을 표현했다. 이 말에서 아이들을 위해 노심초사했던 아버지의 마음을 이해할 수 있다. 이규보는 평생 자녀들을 위해 헌신했던 아버지였다.

처인성에서

▲ 처인성(경기 용인)

싱그러운 5월 용인에 있는 처인성 둘레길을 걸었다. 처인성이 기념물 44
호임을 알리는 좀 오래전에 설치된 것 같은 작은 비석이 있었다. 몇 걸음
더 걸어서는 커다란 처인성 승첩 기념비가 있었고, 그 맞은편 벽에는 '처인
성 고려 역사상 가장 빛나는 승전지'라는 표어 아래 '고려시대 처인 부곡 일
대의 교통로와 지리적 환경' 그리고 '1232년 처인성 전투'에 대하여 방문자
들의 이해를 돕기 위해서 간략히 설명하는 글이 있었다.

고려시대 역원 제도에 의하면 처인부곡은 광주도(廣州道)에 속했는데 개경에서 광주, 죽주를 거쳐 평택, 안성 방면이나 음죽, 청주 방면의 남쪽으로 이동하려면 반드시 거쳐야 하는 교통의 요지였으며, 처인성에는 군량미를 보관하는 창고도 있었다고 한다.

1232년 최우의 고려 무인 정권이 강화 천도를 강행하자 몽골은 이를 반역 행위로 간주하고 살리타를 시켜 고려를 침입하였으니 이것이 몽골의 2차 침입이다. 이때 별동대를 먼저 대구까지 보내어 고려의 남쪽 국토를 짓밟는 한편, 살리타는 한양을 점령하고 현재의 남한산성을 공격하였는데 당시 광주부사 이세화를 비롯한 수비군의 완강한 방어로 2개월이 지나도록 점령하지 못하였다. 이에 살리타는 또 다른 남쪽으로의 공격 루트를 찾고자 광주도를 따라 내려오다가 처인성에 이르게 됐다. 이때 처인성에는 관군이 파견되지 않고 인근 처인 부곡민들이 이곳에 임시로 피난하고 있었다. 가까운 곳인 백현원(白峴院)[14]의 승려였던 김윤후도 이곳에 피난하고 있었다.

사서(史書)[15]의 기록에 의하면 이때 몽골군이 성을 공격하자 전쟁을 피하여 성 중에 있던 한 승려가 적장인 살리타를 활로 쏘아 죽였다. 이에 국가에서는 그 전공을 칭찬하여 상장군(上將軍)의 지위를 주었다. 그러나 그 승려는 다른 사람에게 전공을 사양하면서 말하기를 "전투할 때 나는 활과 화살이 없었으니, 어찌 감히 공 없이 무거운 상을 받겠습니까."라고 하고, 굳게 사양하여 받지 않았다고 한다. 이에 지위가 훨씬 낮은 섭랑장(攝郎

---

14) 처인에서 가까운 평택 지역에 있었다.
15) 고려사와 고려사절요

將)을 대신 제수하자 그제야 받아들였다. 이 승려가 바로 김윤후(金允侯)였다.

산책로는 완만한 길을 걸어 성을 따라 성 밖을 한 바퀴 도는 코스였다. 산책로 바닥에는 그때의 역사적 사실을 일정한 거리마다 그림과 글로서 설명해 놓아 산책로를 걸으면 자동으로 역사 공부가 다시 한번 되게 해 놓았다. 중간중간에 앉아서 쉬어가며 전망도 바라보며, 생각도 해가며 갈 수 있는 시설도 해놓았다. 산책로에서 바라보는 성은 보통 생각하듯이 돌로 쌓은 깎아지른 듯한 석성(石城)이 아니고 흙으로 쌓아 만든 완만한 토성(土城)이었다. 얼핏 보기에 강을 따라 설치한 제방 같아 보였다. 어떤 곳은 그래도 높아 보이지만 어떤 곳은 낮아서 쉽게 돌파할 수 있을 것 같기도 했다. 산책로를 천천히 20분 정도 걸었더니 성을 한 바퀴 다 돌았다. 꽤 작은 성이라고 생각됐다.

마침 야산을 올라 성안으로 들어가는 길이 보여서 올라가 봤다. 성안에는 생각 외로 넓은 평지가 있었는데, 나무 그늘이 져 시원했다. 이곳에 있으면 성 밖에서는 보이지 않는다. '상당수의 병력이나 물자를 감출 수 있고, 그때 피난하던 사람들이 거주하던 시설도 이곳에 있었겠구나' 하는 생각이 들었다.

성 바깥쪽이 잘 보이는 성벽에 올라 내려다봤다. 비록 작은 성이지만 근처 일대의 움직임을 모두 바라볼 수 있고 제어할 수 있는 곳이란 느낌이 왔다. 그러나 몇 번 생각해도 규모가 너무 작은 성이라는 느낌을 지울 수 없었다. 몽골군의 많은 병력이 사방을 포위하고 본격적으로 공격한다면 오래 버티기 힘들 것 같았다. 아마도 '그때 살리타는 소수의 병력을 데리고 정찰차 돌아보거나, 공격했다고 하는데 아마도 수비 태세를 테스트 해 보기 위한 시험용 공격 정도를 하지 않았을까? 그러다가 김윤후에게 기습적으로 당한 것이 아닐까? 하는 생각이 들었다.

하여튼 그때 말로만 듣던 몽골군이 나타났을 때 성안에 있던 사람들은 두려워 벌벌 떨었을 것이다. 세계 최강의 몽골군, 그들이 지나가면 모든 것을 몰살시키고 파리 목숨 하나 남겨두지 않는다는 소문도 돌았을 것이다. 더군다나 지금 처인성에는 고려의 정예한 정규 군대가 있는 것도 아니고, 근처의 잡동사니 민초들이 임시로 피난 와서 머무르고 있는 형편이니...

사람들은 그때 누구에겐가 의지해야 했을 것이다. 마침 함께 있던 승려였던 김윤후에게 자연스럽게 그 역할이 주어졌을 것이다. 불교국가인 고려시대 때 승려라는 신분은 사회지도층이었다. 사람들로부터 존경받는 신분이었다. 그리고 일부 견해에 의하면 김윤후는 평범한 승려가 아니라 난세를 맞아 절이 스스로를 지키기 위해 양성한, 소림사의 무술 하는 승려들과 같은 무승(武僧)이었을 것이라는 견해도 있는데 그럴듯한 의견 같다.

김윤후는 주어진 역할에 침착하게 순응했다. 사람들의 기대를 받아들였다. 우선 자신이 승려인 점을 활용하여 불안한 사람들의 마음을 안정시켰을 것이다. 그리고 사람들을 능력에 따라 편성하여 대기하다가 모여 있는 궁수들이 적절한 순간에 적에게 한꺼번에 기습적으로 사격하게 함으로써 살리타를 사살했을 것이다. 나중에 왕이 주는 상장군의 지위를 전투할 때 활과 화살을 갖고 있지 않았다고 양보한 정황으로 보아 김윤후가 일개 궁수로서 직접 활을 쏘았다기보다는, 지휘관으로서 활 쏘는 사람들을 지휘하여 적에게 사격함으로써 적장을 사살한 것 같다.

적장 살리타가 전사함으로써 몽골군은 서둘러 철수했다. 고려 조정은 강화도의 방어체계를 형성할 수 있는 시간을 벌었으며, 몽골군의 본격적인 남진이 저지되어 많은 백성이 전쟁의 참화에서 벗어날 수 있었다. 우리도 몽골군을 무찌를 수 있다는 자신감도 얻었을 것이다.

김윤후는 어떻게 기적 같은 일을 이룰 수 있었을까? 김윤후는 무술을 갖추고 병법(兵法)에도 조예가 깊은 사람, 통솔력 있는 사람, 그런 장군이었다. 그것은 이번만이 아니라 20년 후엔 충주산성 방호별감으로 충주산성을 방어할 때도 뛰어난 기량으로 성공한 것을 봐서도 그렇다. 그러나 무엇보다도 김윤후는 가장 중요한 것, 사람들의 마음을 하나로 합칠 수 있는 능력이 있는 사람, 사람들이 믿고 기댈 수 있게 하는 신앙심이 깊은 성직자, 덕행이 높은 스님이었을 것 같다.

강화 홍릉을 다녀와서

▲ 강화 홍릉(인천 강화)

　　강화 홍릉에 다녀왔다. 강화 홍릉은 고려시대 임금님 중에서 재위 기간
이 가장 길고, 강화도로 천도하여 몽골에 저항하던 어려운 시대를 살았던
고종 임금의 능이다. 묘역은 시원한 숲길을 300미터 걸어서 골짜기가 끝나
고 산기슭이 시작되는 곳에 있는데 전체적으로 3단으로 구성되어 있었다.
맨 아래 묘역이 시작되는 곳에 방문자들의 이해를 돕기 위하여 이곳이 고
려 23대 고종의 능이라는 것과 고종 재위 기간의 일을 간략히 적은 홍릉 묘

역 안내문과 구한말에서 일제강점기까지 풍운의 시대를 산 강화도 선비였던 화남(華南) 고재형(高在亨)이 지은 홍릉(洪陵)이란 제목의 칠언 절구의 한시(漢詩)가 적힌 강화 나들길 안내판이 있었다.

묘역 중단에는 상석(床石)이 있고 상석 앞쪽에 비석이 두 개 있는데 두 개의 비석에 새겨진 글씨는 '고려 고종 홍릉(高麗 高宗 洪陵)'으로 같았다. 다만 비석 한 개는 좀 더 오래된 글씨 같고 하나는 좀 더 나중에 만든 것 같았다. 상석을 기준으로 왼쪽과 오른쪽에는 각각 석인(石人)이 2개씩 4개 있었다.

묘역 제일 위에는 봉분이 있는데, 석축으로 구분되어 있어 그곳까지는 갈 수 없고 중단에서 상단에 있는 봉분을 바라보며 참배하게 되어 있었다. 묘역의 전체적인 느낌은 묘역 맨 위에 있는 봉분이 왕릉으로 보기에는 크기가 작은 보통 산소와 같은 크기이고, 중단에 있는 돌로 만든 사람(石人)도 크기가 자그마한 것이 무언가 부족한 느낌이 들었다. 누군가 왕릉이 작은 것을 보고 "그때는 힘든 시기였는데. 왕릉을 호화롭게 지으면 안 되죠." 했었는데 그래도 아쉬운 느낌은 어쩔 수 없었다.

고종 임금에 대한 평가는 부정적인 견해와 긍정적인 견해가 엇갈린다. 먼저 부정적인 견해를 볼 것 같으면 고종은 46년의 긴 재임 기간 내내 거란과 몽골의 침략에 시달려야만 했다. 몽골이 침략하는 동안 한 일이라고는 육지에 있는 백성들이 몽골군에게 시달리고, 국토가 황폐해지는 동안 강화도에 틀어박혀 안주해야만 했다. 내부적으로는 긴 재임 기간의 대부분을 독자적으로 아무것도 할 수 없고 최 씨 무인 정권의 눈치를 봐야만 하는 허울만 왕이었다.

긍정적인 견해로는 고려사 세가(世家)에서 사신(史臣)이 말하기를 "고종(高宗)의 시대에는 안으로는 권신(權臣)들이 서로 이어가며 국정을 마음대로 운영하였고, 밖으로는 여진(女眞)과 몽고(蒙古)가 군대를 보내어 해마다 침입하였으므로 당시 나라의 형세는 매우 위태로웠다. 그러나 왕은 조심스러운 마음으로 법을 지키고 모욕과 치욕을 참아냈기에 왕위[寶位]를 보전할 수 있었으며 마침내 정권이 다시 왕실로 복귀하는 것을 볼 수 있었다. 적이 오면 성을 굳게 지켰고, 적이 물러가면 사신을 보내 우호 관계를 맺었다. 심지어 태자를 보내어 예물을 가지고 친조(親朝)하게 하였으므로 마침내 사직(社稷)이 훼손되지 않았고 왕업을 오래도록 전해줄 수 있게 되었다."라고 하였다.

고려 무인 정권 시절 무인들이 제멋대로 국정을 좌지우지하는 것이 왕 입장에서 결코 좋게 보일 리가 없었다. 그래서 왕 중에는 무인들을 몰아내려고 시도한 왕도 있었다. 고종의 할아버지인 명종이 그랬고, 작은아버지 벌인 희종이 그랬다. 그러나 힘이 없어서 오히려 무인들에 의해 왕이 쫓겨났다.

고종이 왕이 된 과정을 보면 고종이 어렸을 때 할아버지인 명종이 최충헌에 의해 쫓겨나고, 당시 태자였던 고종의 아버지 강종도 궁에서 쫓겨났다. 따라서 고종은 어렸을 때는 장차 왕이 될 생각은 전혀 하지 못하였을 것이다. 그런데 생각지도 않게 작은아버지 벌[16]인 희종이 최충헌에 의해 쫓겨나고 그 자리를 아버지인 강종이 연로한 상태에서 최충헌에 의해 맡

---

16) 고종의 아버지 강종과 희종은 4촌, 따라서 희종은 고종의 5촌 당숙(堂叔)

게 됐다. 이때 고종은 아버지인 강종이 왕이 되자 바로 태자가 되었다, 아버지인 강종이 왕이 된 지 2년 만에 병으로 붕어(崩御)하게 되자 고종은 태자로서 왕위를 이어받아 왕이 되었다. 고종은 결국 최충헌에 의해 왕이 된 셈이다.

고종이 왕이 됐을 때 나이가 스물한 살이었다. 세상을 이해할 만한 나이다. 무인들을 쫓아내려다가 오히려 쫓겨난 명종과 희종의 사연도 알고 있었을 것이다. 무인들이 전횡을 부리는 현실이 임금으로써 맘에 들지 않고, 치욕스럽게 느껴지기도 하였지만, 고종 임금은 홀로 속으로 삭이고 참았을 것이다. 몽골이 거듭 침범하자 강화도의 살림살이도 점점 어려워졌다. 한 번은 창고가 비었다는 보고가 왕에게까지 들어왔다. 왕은 점심 식사를 줄이고 창고 책임자를 불렀으나 오지 않았다. 왕은 화를 내며 직책을 빼앗으려다 "오늘 내가 비록 빼앗아도 내일이면 반드시 복직할 것인데 징벌한들 무엇 하겠는가," 탄식하고 관둔 일도 있었다. 실권 없는 왕으로서 비애를 느꼈을 것이다. 팔만대장경을 만든 업적도 있지만 절에 유독 자주 갔었다. 복잡한 마음을 다스리기 위해서 그러지 않았을까? 절에 가서 종교행사를 할 때 그나마 마음의 안정을 누렸으리라 생각된다.

몽골과의 오랜 전쟁을 끝내고 백성들을 참화에서 벗어나게 하려면 왕이 직접 몽골에 항복하고 강화도에서 나와야지만 되었다. 그때 왕이 나이가 많았으므로 몽골에서 태자가 왕 대신 직접 몽골 황제에게 항복하는 것까지는 이해하였다. 단지 그때 항복하는 데 걸림돌이 되는 것은 최 씨 무인 정권이었는데 다행히도 최 씨 무인 정권이 붕괴하자 왕은 몽골과의 강화를 서둘렀다. 태자가 직접 몽골로 항복하러 가도록 하였다. 태자가 몽골로 떠나고 돌아오기 전에 왕은 병이 나서 붕어(崩御)하여 개경으로 되돌아가지 못하고 현재의 강화 홍릉에 묻히게 되었다.

고종 임금에 대하여 부정적인 견해도 있지만 어려운 시절, 어려운 처지에서 분수를 알고 할 바를 다하려고 했다고 생각한다. 나는 능에서 내려올 때 두 손 모아 참배하면서 마음속으로 "고생하셨습니다. 뜻은 이루어졌습니다." 되뇌었다.

조선 시대

숭의전, 그리고 왕순례 묘를 돌아보고

▲ 왕순례 묘(경기 연천)

오래된 낡은 묘를 살펴보고 있었다. 묘의 앞쪽 좌우에는 망주석이 있고, 묘 바로 앞 봉분에 바짝 붙여서 묘표(墓表)인 비석이 서 있었다. 그런데 이상하게도 보통 묘 앞에 있는 제물을 차리는 상석(床石)과 그 외에 문인석,

무인석, 어떤 석물(石物)도 보이지 않았다. 다만 비석은 다시 봐도 요즘 것이 아닌 오래된 물건으로 보였다. 얼핏 보기에 너무 간단한 석물, 보통 다른 묘에서 눈에 띄는 것들이 안 보여서 허전한 느낌이 들었다. 숭의전에 다녀오는 길이었다. 이 묘는 초대 숭의전사(崇義殿使)를 지낸 왕순례의 묘이다.

연천 숭의전은 조선시대에 전 왕조인 고려왕조의 네 임금님인 태조, 현종, 문종, 원종의 위패를 모시고 제사하는 사당이다. 숭의전 건물은 원래 조선시대 내내 몇 번의 중수(重修)와 개수(改修)를 거쳐 유지됐으나, 6.25 때 전부 타버렸다. 현재 건물은 70년대 이후 터가 사적지로 지정된 다음에 왕 씨 문중에서 정부의 지원을 받아 몇 년에 걸쳐 점차 복원한 것이라 한다. 현재 연천군 미산면의 임진강이 내려다보이는 경치가 좋은 곳에 있다.

동양의 전통적인 유교 국가에서는 전(前) 왕조의 임금을 제사하며, 전 왕조의 후손 대표에 대해서는 전 왕조에서 온 손님으로서 예우하는 문화가 있었다. 조선에 들어서도 이러한 문화를 받아들여 태조 대왕 때 고려 마지막 임금 공양왕의 형이었던 왕우에게 그 역할을 하게 했었으나 얼마 지나지 않아 조작된 듯한 왕 씨의 역모 사건[17]과 제1차 왕자의 난 이후에 왕 씨들을 죽이거나 전국 각지에 귀양 보내는 사건이 벌어지고 나서 그 이후에 흐지부지 없어졌다. 이 제도가 논의를 거쳐 다시 이어진 것은 5대 임금 문종, 그다음 단종을 거쳐 세조 때였다. 나는 숭의전 제도가 다시 시작됐을 때 그 책임을 맡았던 인물인 왕순례의 삶에 흥미가 있었다. 그래서 숭의전

---

17) 1394년 1월의 맹인 이흥무의 점괘 사건

을 돌아보는 김에 왕순례의 묘도 찾아보았다.

문종대왕은 전 왕조의 임금을 제사하는 이 전통을 잇고자 고려 왕실의 후예를 찾았다. 마침 공주에 살던 고려 현종의 먼 후손이 되는 사람을 찾았는데 그의 이름은 우지(牛知)였다. 실록에는 찾은 과정이 자세히 나오지 않으나 야사[18])에는 성명을 고치고 숨어 살았는데 이웃과 밭의 경계를 가지고 다투다가 고발당한 것으로 되어 있다. 있음직한 일이라고 생각된다. 당시 충청도 관찰사는 우지를 데려오기 위하여 역마를 보냈으며, 임금님의 명에 의하여 의복, 갓, 안장 얹은 말, 쌀과 콩을 하사했다고 한다. 성과 이름을 숨기고 숨어 살던 사람이 관(官)에 고발당하여, 처음에 관으로부터 호출받았을 때 얼마나 두려웠을까? 또 생각지도 않았던 대우에 받게 되자 얼마나 황당했을까? 두 번 놀랐을 것이다.

문종 대왕의 부름에 응하여 우지는 서울에 이르렀는데 얼마 아니 되어 대왕은 돌아가시고 우지는 단종 대왕이 즉위한 다음에 정식으로 숭의전 부사(副使)의 직첩을 받고 취임하였다. 이때 왕순례란 이름도 받았다. 시골에 숨어 살던 사람이 어느 날 갑자기 평소 생각할 수도 없는 3품관에 해당하는 높은 벼슬을 하게 된 것이다. '사람 팔자 시간문제'라는 말이 있는데 그 이상인 셈이다. 왕순례는 자신의 팔자에 대하여 다시 놀랐을 것이다.

왕순례는 국가로부터 조상들의 제사를 위한 땅도 받고 벼슬도 받고 후한 대접을 받았다. 오직 제사에만 성실하면 되었다. 그런데 갑자기 높은 벼슬을 받았지만, 그 벼슬을 누릴 만큼 인품은 안 되어 있었던가 보다. 세조 대

---

18) 허균의 형 허봉이 지은 해동야언海東野言)

왕이 왕위에 오르고 몇 년이 지났을 때 예조에서 임금님께 보고하기를 "숭의전 부사 왕순례가 국가에서 받은 은혜가 많음에도 불구하고 요즘 인근 백성들을 괴롭히고, 정처(正妻)를 천대하고 첩만 사랑하고 있으니, 첩과 강제로 이혼시키고 직첩을 회수했으면 합니다." 했다. 임금님께서는 그대로 하라고 했다. 왕순례는 너무 나대다가 하루아침에 모든 것을 잃고 만 셈이 되었다. 왕순례는 기가 막혔을 것이다. 지나간 몇 년간 누리던 것이 꿈만 같았을 것이다. 그리고 자기 행동에 대해 후회도 했을 것이다.

다행히 세조대왕은 3~4년 후에 직을 대신할 자가 마땅치 않았는지 왕순례를 복직시켜 주었다. 이후 왕실의 각종 행사에 참여했다. 세조대왕께서는 왕순례를 2품의 반열에 앉도록 이전보다 대우를 상향시켜 주었다. 그리고 말씀하시기를 "내가 사사로이 네게 은혜를 베푸는 것이 아니다. 일찍이 세종(世宗)께서 왕씨(王氏)의 뒤를 세우고자 하였으나 이루지 못하였고, 문종(文宗)께서 비로소 숭의전(崇義殿)을 세워 그 제사를 잇게 하였으니, 지금 내가 선왕(先王)의 뜻을 이어받은 것이다." 했다. 한편 "선대(先代)의 후예는, 예전에는 다 죽여 없애려고 하여 남아 있는 자가 없었다. 그러나 나는 그렇지 아니하고, 높은 벼슬과 후한 녹(祿)을 주어서 선조(先祖)의 제사(祭祀)를 받들게 하여 기쁨을 같이할 것을 기약하니, 너는 마땅히 몸가짐을 삼가고 조심하여 대대로 집안을 보전하라." 했다. 이전에 왕순례가 몸가짐을 바르게 하지 않아 직위를 박탈당했던 일이 있었기 때문에 조심하라고 임금님께서 친히 말씀하신 것이다. 세조대왕은 왕순례를 숭의전 부사에서 숭의전사로 승진시켜 주었다. 이후에는 조심했는지 왕순례는 또다시 징계 받는 일은 없었다.

왕순례는 세조 시대를 지나 성종 시대까지 살았다. 왕순례가 죽자 그 직위는 자식들이 이어받았으나 손자 대에서 대가 끊겨서, 그 이후에는 다른 왕 씨 후손이 숭의전의 직책을 이어받게 된다.

왕순례 묘에서 생각하기를 왕순례의 품계가 상당함에도 불구하고 묘에 석물(石物)이 제대로 갖춰져 있지 않은 것은 '처음에는 제대로 갖춰져 있었는데 후손이 끊어져서 묘가 제대로 관리가 되지 않아서 그렇지 않을까?' 이해되었다. 왕순례의 삶을 되돌아보면, 생각지도 않게 젊은 나이에 출세했고, 분수를 모르고 나대다가 한번 된통 당했고, 다행히도 위에서 기회를 줘서 이전 자리에 복직할 수 있었고, 이후에는 본인도 조심했는지 같은 실수를 범하지 않고, 원만한 삶을 살다 갔다. 전반적으로는 평범하지 않은 파란만장한 삶이라 하겠다. 후손이 끊어진 것은 좀 아쉬운 감이 들었다.

원이 엄마의 애절한 사랑의 편지

▲ 원이 엄마 편지글 원문 조각상(원이 엄마 테마공원)

원이 엄마 테마공원, 경북 안동에 가면 작지만 특색 있는 공원이 있다. "당신 언제나 나에게 '둘이 머리 희어지도록 살다가 함께 죽자'고 하셨지요. 그런데 어찌 나를 두고 당신 먼저 가십니까. 나와 어린아이는 누구의 말을 듣고 어떻게 살라고 다 버리고 당신 먼저 가십니까." 이 글을 읽다 보면 애잔하고, 비통한 감정이 떠오른다. 이 글은 원이 엄마 테마공원 편지글 조각상에 조각되어 있는 편지글의 앞부분이다.

원이 엄마는 누구인가? 1998년 안동시 정상동에서는 택지 조성을 위해 무연고 분묘를 정리하는 작업이 있었다. 그때 주인이 누구인지 모르는 한 묘를 발굴한 결과 임진왜란이 일어나기 몇 해 전인 1586년에 31살의 젊은 나이로 죽은 고성이씨 귀래정파 이응태의 묘로 밝혀졌다. 묘에서는 미라화된 시신과 여러 벌의 의복, 가족 간에 주고받은 편지 등 많은 유물이 수습되었다. 그중에서 원이 엄마 편지는 한글 편지로 시신의 가슴을 덮고 있던 것이다. 편지의 제목이 '원이 아버지에게 병술년 유월 초하룻날 아내가'이므로 편지를 쓴 이가 죽은 이의 부인, 〈원이 엄마〉로서 죽은 남편에게 보낸 편지임을 알 수 있다.

"함께 누우면 언제나 나는 당신에게 말하곤 했지요. '여보, 다른 사람들도 우리처럼 서로 어여삐 여기고 사랑할까요.' '남들도 우리 같을까요.' 어찌 그런 일들 생각하지도 않고 나를 버리고 먼저 가시는가요. 당신을 여의고는 아무리 해도 나는 살 수 없어요. 빨리 당신께 가고 싶어요. 나를 데려가 주세요. 당신을 향한 마음을 이승에서 잊을 수가 없고 서러운 뜻 한이 없습니다." 이것은 편지글의 중간 부분으로 두 사람이 금슬이 아주 좋은 부부였음을 알 수 있다. 사랑하던 남편을 잃고 홀로된 아내의 찢어질 듯한 절절한 심정이 느껴진다.

"꿈속에서 당신 말을 자세히 듣고 싶어서 이렇게 써서 넣어드립니다. 자세히 보시고 나에게 말해 주세요. 당신 내 배 속의 자식 낳으면 보고 말할 것 있다 하고 그렇게 가시니, 배 속의 자식 낳으면 누구를 아버지라 하라시는 거지요. 아무리 한들 내 마음 같겠습니까. 이런 슬픈 일이 하늘 아래 또 있겠습니까. 당신은 한갓 그곳에 가 계실 뿐이지만 아무리 한들 내 마음같이 서럽겠습니까. 한도 없고 끝도 없어 다 못 쓰고 대강만 적습니다." 이것은 편지글의 뒷부분으로 남편이 사망할 당시 아내의 배 속에 아이가 있었음을 알 수 있다. 사랑하는 남편이 없이 홀로 자식을 키울 생각만 해도 서럽고 아득했을 것이다. 그리운 남편의 모습을 꿈속에서라도 보고 싶었을 것이다. 아니, 볼 수 있다고 확신했을 것이다.

원이 엄마 편지는 남편이 죽은 후 입관하기 전까지 경황없는 기간에 쓴 것이다. 길지 않은 편지지만 남편을 잃은 슬프고 애절한 감정이 잘 표현되어 있다. 아마도 한문이 아닌 한글 편지이고, 남편을 사랑했던 마음을 진솔하게 있는 그대로 담았기에 이렇게 잘 표현되었을 것이다.

편지 외에 중요한 유물로 특이한 미투리가 있다고 한다. 삼 껍질과 머리카락을 함께 꼬아 만든 것으로, 머리카락은 원이 엄마의 것으로 추정한다. 미투리는 한지에 싸여 있었는데 이곳에도 한글 편지가 적혀 있었으나 훼손돼 '이 신 신어보지도 못하고...' 등 일부 글귀만 확인할 수 있었다. 관계자들은 남편이 병으로 눕자 쾌유를 빌면서 만들기 시작했는데 끝내 남편이 사망하자 함께 무덤에 넣은 것으로 추정한다.

안동시에서는 이 애절한 사랑의 이야기를 기리기 위해 2015년에 원이 엄마 테마공원을 만들었다. 내가 이곳을 찾은 것은 아까시나무꽃 피는 화창한 오월, 공원이 가까워지자 공원 가운데에 있는 커다란 파란 쌍가락지 조형물과 그 아래 아기인 원이의 손을 잡은 원이 엄마의 작은 조형물이 먼저 눈에 띄었다. 공원에 들어섰을 때 공원 안쪽 가운데 벽 부분에 커다란 돌에 옛날 말씨로 된 원이 엄마 편지글 원본을 그대로 새긴 조각상이 보였다. 그리고 한쪽 벽에는 지금 사람들도 원이 엄마 편지글을 쉽게 읽을 수 있도록 현대어로 풀이한 것을 까만 돌판 6개에 하얀 글씨로 새겨서 설치한 것이 있었다. 나는 원본 조각상을 잠깐 보고 나서 현대어로 번역한 것을 찬찬히 읽어봤다. 이전에 이미 다른 자료를 통해서 그 내용은 알고 있었지만, 이곳 테마 공원을 찾아와서 그 내용을 직접 읽어 보니 감회가 새로웠다. 읽어 볼수록 감정이 뭉클해져 왔다.

안동에 들르게 되면 이곳 원이 엄마 테마공원을 찾아보라. 옛날의 애절한 사랑 이야기를 되돌아보며, 오늘 사랑의 소중함을 생각해 보는 것도 뜻깊으리라.

아! 탄금대

▲ 탄금대에 있는 팔천고혼위령비

　6월 초순이다. 나는 충주 탄금대 앞에 섰다. 앞을 바라보면서 지금부터 426년 전 이때쯤, 이곳을 향해 몰려드는 들판을 가득 채운 왜병들, 그에 맞서 이곳에 늘어선 말 탄 조선 병사들의 비장한 모습, 높은 곳에서 최후의 명령을 내리는 충장공(忠壯公) 신립 장군의 얼굴을 상상하여 본다. 어디선가 그들의 마지막 함성이 들려오는 듯했다.

임진왜란 때 많은 전투가 있었지만, 이 탄금대 전투는 참으로 애석한 점이 많다. 1592년 4월 28일(음력, 양력은 6월 7일) 신립 장군 휘하의 8천 조선군은 이곳에 배수진을 치고 있는 힘을 다하여 싸웠으나, 중과부적(衆寡不敵), 거의 전원이 장렬히 전사하였다. 당시 장군은 가장 신망받는 장수였고, 군사들은 대부분 갑자기 소집된 병력이기는 했으나 처음으로 편성한 대규모 부대였다.

오랫동안, 이 탄금대 전투에서 패배한 신립 장군은 무능한 장군의 대명사로 사람들의 입에 오르내렸다. 그것은 천험의 요지인 조령(鳥嶺)을 포기하고, 이곳 탄금대에 후퇴할 수 없는 배수진을 치고 적을 맞이했기 때문이다. 그때 휘하 장수들은 지세가 험한 조령에서 적을 막자고 한결같이 건의하였었다. 개중에는 서울까지 물러서자고 한 이도 있었다. 장군도 처음에는 조령에서 적을 방어할 생각으로 정찰까지 다녀왔으나, 결국 탄금대에서 적과 일전을 겨루기로 결심을 바꾸었는데 결과는 실패였다.

왜, 장군은 험준한 조령을 포기하고 벌판인 탄금대에다가 진을 쳤을까? 그것은 당시 조령을 지키자고 하는 부하 장수들의 건의에 대해 장군이 했다고 하는 말에 잘 나타나 있다.

"그렇지 않다. 적은 보병이고 우리는 기병이다. 적을 개활지로 끌어내어 철기로 무찌르면 승리할 수 있다. 그리고 적이 지금 조령 밑에까지 와 있다는데, 우리가 조령으로 진출하다가, 만약 적이 먼저 조령에 도착하여 있다면 어떻게 되겠는가? 아군은 훈련 상태가 미숙한 신병들이므로 사지(死地)

에 빠져야만 투지를 발휘할 것이다. 그러므로 배수진을 쳐야 한다."

오늘날 전략 전술 연구가 중에도 비록 실패했지만, 그때 상황에서 장군이 탄금대를 선택한 것은 최선이었다고 생각하는 사람들이 많다. 그것은 탄금대는 삼면이 강으로 둘러싸여 있어 동쪽 한 방향만 막으면 되고, 그 계절에는 서풍이 불어서 조선의 활, 총통 등 원거리 발사 무기로 탄금대를 향해 동쪽에서 서쪽으로 진출하려고 하는 일본군을 사격하기에도 유리하다고 한다. 반면에 험한 조령은 조선의 주력인 기병의 장점을 활용할 수 없고, 조령 이외에도 충주로 진입할 수 있는 길이 또 있어서 조령만 지키고 있다 보면 후방이 차단돼 포위될 우려가 있다. 그리고 그때 경과를 보면 일본 고니시군은 27일 새벽에 문경에서 출발하여 당일 조령을 넘었다. 조선군도 27일 조령으로 출발했다면 조령 부근에서 양군이 맞닥뜨리거나 또는 일본군이 먼저 도착했거나 하는 곤란한 상황이 됐을 것이다. 장군이 현실적으로 조령에 병력을 배치할 시간적 여유가 없다고 판단한 것은 맞는 것이다.

물러설 곳이 없는 배수진을 친 조선군은 애당초 훈련도 덜 되고 열세였지만 나름대로 열심히 잘 싸웠다. 조선 기병은 몇 차례 돌격하여 일본군의 공격을 격퇴했다. 그러나 시간이 흐를수록 전력의 차이를 극복할 수는 없었다. 결국은 힘이 다하였다.

당시 일본 측에 있던 서양인 선교사 루이스 프로이스의 기록에 의하면 그때 전투에 참여한 조선의 하급 병사 중에는 다소 비겁한 자들도 있었으나 상급 군관들은 매우 용감하고 대담했다고 한다. 포로로 잡힌 장수가 한 명 있었는데 일본군 측에서는 살려주려고 했으나 자신의 명예가 걸렸다며

결코 풀려나기를 원치 않고, 자기의 목을 자르라고 하여 그의 뜻대로 그의 머리를 베기도 했다고 한다.

신립 장군 순국지지(申砬將軍殉國之址) 비석이 있는 남한강이 바라보이는 열두대 바위 위에서 장군이 종사관 김여물 장군과 마지막으로 나누었던 대화를 생각해 보았다.

"이제 때가 이르렀는데 공(公)은 살고 싶소?"

장군이 말했다.

"내가 어찌 목숨을 아깝게 여기겠소."

김여물 장군은 웃으며 이렇게 대답했다.

두 장군은 이렇게 서로 말한 후에 최후의 공격 명령을 내리고 함께 적진에 돌입하여 수십 명의 적을 죽인 다음, 마지막 순간이 다가오자 탄금대를 끼고 흐르는 강물에 몸을 던졌다고 한다.

장군은 처음부터 일본군에게 꼭 승리한다는 확신이 있었을까? 아마도 아니었을 것 같다. 조선군이 일본군보다 열세라는 것쯤은 진작부터 알고 있었다. 마지막 두 사람의 대화에서 '이제 때가 이르렀는데' 말했는데, 그 최악의 경우도 생각하고 있었을 것이다. 다만 불리하더라도, 안되더라도 주어진 상황에서 나름대로 최선을 다하겠다고 마음속에 다짐했을 것이다.

문득 논어의 다음 글귀를 다시 한번 생각하게 했다.

知其不可而爲之者(지기불가이위지자)[19]

'안 되는 줄 알면서도 한사코 무엇을 하려고 하는 사람'이란 뜻이다. 인간

---

19) 論語(논어) 憲問(헌문)편

의 삶이란 때론 그렇게 해야 하는 것, 그것이 가치 있는 것 아닌가?

【집필 후기】

이 짧은 수필 한 편을 쓰기 위해서 6개월 동안 많은 관련 기록을 살펴보았다. 임진왜란 당시 탄금대 전투 현장에 있었던 장군과 병사들의 심정을 조금이라도 느껴 보기 위해서 현지인 탄금대도 2018년 한 해 동안 세 번 방문했었다. 많은 생각을 해보았다. 결론은 장군은 이제까지의 인식처럼 무능한 장군이 아니다. 장군은 최악의 불리한 상황에서도 나름대로 최선을 다했다고 생각한다. 국방이란 평시의 대비 태세가 중요하다. 그때 당시 8천 병사가 갑자기 소집한 미숙한 병력이 아니고, 평상시부터 훈련이 잘된 정예 병사라면, 오늘날 군에서 하는 부대 단위 전술훈련과 같은 것을 그때도 미리 했었으면 결과는 달랐을 것이다.

천강홍의장군 유적지를 돌아보다

▲ 정암진 솥바위(경남 의령)

나는 정암루(鼎巖樓) 누각에서 앞을 바라보았다. 눈앞에는 긴 남강이 유유히 흘렀다. 바로 앞에는 이곳 지명을 정암((鼎巖) 이라고 부르게 한 특이하게 생긴 솥바위가 물속에서 솟아 있었다. 이곳은 임진왜란 때 곽재우 장군이 왜군을 상대로 큰 승리를 거둔 곳, 나는 그 현장에 와 있었다.

그때 왜장 안코쿠지 에케이는 2,000 병력을 인솔하고 의령으로 들어왔다. 정암진에서 남강을 건너고자 선발대를 먼저 보내 건너기 쉬운 곳에 말 뚝을 박게 했다. 곽재우 장군은 이를 염탐하고 밤중에 말뚝을 뽑아 건너기 어려운 늪지대에 옮겨 박았다.

날이 밝자 왜군들은 아무 생각 없이 말뚝이 박힌 방향으로 따르다가 질 퍽한 늪지대에 빠졌다. 이때 매복했던 의병들이 나와서 공격하자 왜군의 선발부대는 손 쓸 수 없이 무너졌다. 뒤를 이어 왜군의 본대가 몰려들자 곽 재우 장군은 적은 병력으로 많은 병력을 정면으로 맞서기보다는 이들을 유 인하기로 했다. 10여 명의 사람을 뽑아 장군과 똑같은 붉은 옷을 입고, 백 마를 타고 천강홍의장군(天降紅衣將軍)이라 쓴 깃발을 가지고 이곳저곳에 매복했다 나타나고 사라지기를 반복하여 적을 어지럽혔다. 왜군은 붉은 옷을 입은 장수가 나타날 때마다 전군을 동원하여 추격했으나 곧 사라지고 또 나타나고 추격하고 사라지기를 반복만 할 뿐, 잡을 수가 없었다. 왜군은 결국 좁은 길로 유인되어 활을 쏘며 기습하는 곽재우의 의병에게 일방적으 로 당했다. 왜군의 완패였다.

정암진 전투는 곽재우 장군의 가장 큰 업적으로 일컬어지는데 그것은 전 투의 파급 효과가 크기 때문이다. 그때 경상우도 초유사 김성일이 선조 임 금님께 전투 상황을 보고한 것을 보면 "가장 먼저 의병을 일으킨 사람은 실 제로는 재우 이며 왜적들이 감히 정암진(鼎巖津)을 건너 호남(湖南)으로 가지 못하게 한 것도 바로 재우의 공입니다." 말하고 있다. 왜군은 곡창지 대인 전라도로 진격하기를 원했으나 이 전투의 패배로 그 시도가 물거품이 되었다.

정암진 전투의 경과와 이후 곽재우 장군의 전술을 보면 한마디로 신출귀

몰하며, 적은 병력으로 대병력을 상대하는 유격전과 심리전에 능했다는 것을 알 수 있다. 곽재우 장군은 젊었을 때 선비로서 글공부만 했던 것이 아니라 말타기와 활쏘기도 했고 병서(兵書)도 두루 읽었다고 한다. 아마도 그래서 그렇지 않나 싶다.

정암진 전투 이후 왜군들은 곽재우 장군을 꽤 두려워했던 것 같다. 왜군에게 포로로 잡혔던 사람이 돌아와 왜적들이 자기들끼리 말하기를 "이 지방에는 홍의 장군(紅衣 將軍)이 있으니 조심하여 피해야 한다."라고 했다고 한다.

정암루에서 의병박물관으로 왔다. 현관에 들어서자 백마를 탄 붉은 옷을 입은 장군의 상이 있었다. 의병유물전시실에 들어서자 곽재우 장군과 함께했던 휘하의 17 장군 전시물이 눈에 들어왔다. 곽재우 장군의 대표적인 전투였던 기강 전투와 정암진 전투의 경과를 영상으로 볼 수 있는 설비도 있었다. 곽재우 장군에 관한 특별 코너를 만들어 놨는데 장군의 일생을 출생했을 때부터 말년까지를 6단계로 구분하여 정리해 놓았다. 박물관의 전시물을 보면 일반인들도 곽재우 장군과 임진왜란 당시 이 지역의 의병 활동을 쉽게 이해할 수 있을 것 같다. 지역 특색을 잘 살려 전시하고 있는 박물관이라는 생각이 들었다. 의령에 들르면 이곳 박물관부터 먼저 들러 볼 것을 권하고 싶다.

곽재우 장군의 생가에 들렀다. 이곳에도 역시 장군의 유적지인 것을 알아볼 수 있도록 장군의 큰 동상이 있었다. 현고수(縣鼓樹)라고 불리는 커다란 느티나무가 있었다. 임진왜란 때 장군이 이 나무에 북을 매달아 놓고 치면서 의병을 훈련했다고 한다. 이 나무는 단순한 나무가 아니라 그 당시 의병 활동의 상징이라 하겠다. 생가는 2005년에 복원 정비한 것인데 조선 중기 남부지방 일반 사대부의 전형적인 가옥구조라고 했다. 안채와 사랑채, 별당, 큰 곳간, 작은 곳간 등으로 한눈에 대단히 큰 규모다. 이곳은 장군 어머니의 친정, 즉 외가다. 당시의 풍습은 결혼하더라고 아이는 친정에서 낳고, 아이가 상당히 클 때까지는 외가에서 자랐다고 한다.

▲ 곽재우 장군 생가에 있는 장군의 동상

장군은 본래 친가 외가 모두 집안이 부유했다. 장군은 많은 재산을 다 털어서 의병을 모집했는데, 그것만 가지고 많은 의병을 뒷바라지하기에 충분할 리가 없었다. 친인척들의 재산도 내놓도록 했다. 임진왜란이 발생한 초기에 관군은 무력하고, 잘 사는 다른 양반들은 몸을 피하기에 바빴다. 의병을 일으키면서 장군이 한 말에도 당시 그와 같은 현상이 잘 나타나 있다.

"벼슬아치든 백성이든 나라의 보살핌을 받은 지가 이백 년이나 되었는데 나라가 위급함에도 모두 자기 보전 계책만 세우고 나라의 어려움을 돌아보지 않는다. 이제 나라도 일어나지 않는다면 이 나라 삼백 고을에 남자가 한 사람도 없는 것이니, 어찌 만고의 수치가 아니겠는가?"

장군은 처음에는 집안의 하인 10명으로 의병을 시작했는데 이틀 만에 이웃 양반과 백성들이 합류해서 50명이 되었고, 오래되지 않아 2천 명 정도의 의병을 유지하게 됐다고 한다. 그렇게 많은 사람이 장군의 휘하에 모였던 것은 그만큼 장군의 신망이 두터웠기 때문에 가능했을 것이다. 장군의 의병은 임진왜란 당시 가장 빠른 최초의 의병이었다.

잘 살고 권세 있는 사람들이 모두 피하려고만 하는데 장군이 나선 것은 스승인 남명 조식 선생의 중요한 사상이며 가르침인 '주어진 상황에서 가장 옳고 마땅함을 실천'하는 의(義)를 실행한 것이다. 요즘 말로 하면 장군은 사회지도층의 도덕적 책무를 강조하는 '노블레스 오블리주(noblesse oblige)'를 몸소 실천한 분이다.

전쟁이 끝났을 때 장군은 조정에서 벼슬이 주어졌으나 오래되지 않아 사직했다. 그때 분위기가 뜻을 펼 수 있는 여건이 아니었다고 한다. 세상에 쓰임이 있으면 나아가지만, 할 바를 다하면 더 이상 세속적인 지위나 권세 등에 연연하지 않고 물러나는 깨끗한 선비의 모습이라 하겠다. 생가를 나오면서 마지막으로 장군의 동상에 두 손 모아 참배했다.

태백산 사고지를 찾아서

▲ 각화산에 있는 태백산 사고지(史庫地)

각화산은 태백산 사고지(史庫地)가 있는 산이다. 행정구역상으로는 경북 산간지대인 봉화군 춘양면에 속한다. 이곳은 지금이야 산 아래까지 포장도로가 있지만 옛날에는 오지(奧地) 중의 오지였을 것이다. 백두대간 줄기가 산 북쪽 턱밑을 지나가고 있다. 이 산에서 북쪽으로 이어진 능선을 따라가면 가까운 거리에 유명한 태백산이 있으므로 옛사람들은 이곳 각화산까지 태백산의 일부로 본 것 같다.

조선왕조실록은 우리나라가 자랑할 만한 세계기록문화 유산이다. 1대 태조가 즉위한 날로부터 25대 철종이 사망하는 날까지 472년간의 일이 하루하루 쓰여 있다. 어떤 개인이 임의로 기록한 것이 아니라 국가에서 일정한 절차에 따라 당대의 검증된 자료를 가지고 편찬했기 때문에 사료(史料)로서의 가치도 높다. 이렇게 오랜 기간 동안 정성을 다해 기록한 기록물은 세계적으로도 유례를 찾아볼 수 없다. 조선왕조실록의 가치를 알게 되면서 옛날에 실록을 보관하는 사고(史庫)가 있던 사고지를 한번 찾아보고 싶은 마음이 생겼다.

겨울 날씨답지 않게 화창한 날, 사고지에 가기 위해 각화산 아래 있는 각화사에 들렀다. 이 절은 지금은 유명한 절이 아니지만 옛날 신라시대 때에 창건한 오래된 절이라고 한다. 태백산 사고를 건립한 후에는 사고를 지키는 역할을 하는 수호 사찰로 지정되어, 많은 수의 승병이 주둔하는 큰절이기도 했다고 한다. 절에 도착했을 때 우선 높은 계단 위에 있는 문루(門樓)에 태백산각화사(太白山覺華寺)라고 쓰여 있는 현판이 눈에 띄어 이곳까지 태백산 지역임을 실감하게 했다.

절의 문을 들어섰는데 겨울이어서 건물의 문은 모두 닫혀 있고, 스님의 염불 소리는 들리는데 밖에 나다니는 사람은 한 사람도 없었다. 사고지 가는 길의 들머리가 어디인지 누구에게 물어봐야겠는데, 염불하고 있는 스님을 불러서 묻기도 그렇고, 잠시 난감한 기분이 들었다. 문득 승복 바지를 입은 여자분이 잰걸음으로 앞을 지나치기에 쫓아가서 물어보았더니 원래 이곳에 살지 않고 잠시 절에 다니러 와서 모르겠다고 해서 도로 아미타불이 되었다.

잠시 망설이다가 각화사 대웅전 뒤로 해서 사고지로 간다는 기록을 본 기억이 있으므로 일단 절 뒤쪽으로 가 보았다. 대웅전 뒤에서 약간 왼편에 있는 큰 계곡으로 무조건 올라가기 시작했다. 처음에는 길 같았는데 점차 길 흔적이 희미해지더니 아예 없어져 버렸다. 잠시 멈추고 위치 판정을 해 보았더니 가는 방향으로 똑바로 올라가면 각화산 정상으로 바로 가고, 사고지는 능선 하나 차이로 어긋났음을 알 수 있었다. 사고지는 일단 정상까지 갔다가 하산하면서 찾아보기로 하고 그대로 골짜기를 올라갔다. 길 흔적은 거의 없지만 등산 표지기가 눈에 띄어 이미 누군가 이 계곡을 다녀갔음을 알 수 있었다.

1시간 20분 동안 오르자 계곡을 벗어나 능선에 올랐다. 비로소 산을 오르내리는 정상적인 등산로를 만나서 마음이 편해졌다. 산소가 몇 개 있는 양지바른 곳이어서 잠시 숨을 돌리고 둘러보았다. 바라보이는 것은 산들뿐. 깊은 산속에 있는 줄 알 수 있었다. 다시 30분 동안 편안한 산길을 천천히 올라 각화산 정상에 도착했다. 정상에는 춘양면 이장 협의회에서 세운 '천하명당 조선십승지 각화산'이라고 쓰인 자그마한 정상 표지석이 있었다. 북쪽을 바라보았더니 태백산이 보이기는 보이는데, 잎이 떨어진 겨울이지만 나무줄기와 가지 때문에 시원하게 보이지는 않는 것이 아쉬웠다. 전망이 잘 보이게 나뭇가지를 정리 좀 하였으면 하는 생각이 들었다.

정상에서 동쪽에 있는 삼각점이 있는 봉우리로[20] 이동했다. 본격적으로 사고지를 찾아가기 위해 스마트 폰 GPS 앱을 켜고 현재 위치와 사고지로 추정되는 위치를 계속 확인하면서 남쪽으로 가파른 능선을 내려갔다. 25분 내려가자 동쪽으로 산 사면을 가로지르는, 한 사람 겨우 다닐 수 있는 좁은 산길이 보였다. 잎이 무성한 여름철이면 눈에 잘 안 띌 것 같았다. 그렇지만 이 길이 사고지로 가는 길이 틀림없을 것이라는 확신이 섰다. 좁은 산길을 따라가자 불과 3, 4분 만에 사고지가 보였다.

멀리서 보기에 골짜기에 축대를 쌓아서 편평하게 만들어 놓은 장소가 보였다. 흑염소 세 마리가 말라버린 잔디밭에서 한가하게 노닐고 있는 것이 보였다. 이 깊은 산중에 웬 염소인가? 의아하게 생각하며 다가가자 잽싸게 달아나 버렸다. 아마도 야생 염소가 이곳에도 살고 있는가 보다.

사고지는 경사가 심한 좁은 계곡에 돌을 쌓아 건물을 지을 터를 조성했다. 지금은 건물은 없지만 그 흔적인 주춧돌은 눈에 보였다. 건물터로 물이 들어오지 않도록 사고지를 빙 둘러서 돌을 쌓아 수로도 만들어 놓았다. 그렇지만 원체 험준한 계곡이어서 폭우가 오면 위험하지 않을까 염려가 되기도 했다. 스마트 폰 GPS 앱으로 좌표와 고도를 측정했다.[21] 이곳의 해발고도가 1,000미터가 넘었다. 깊은 산속이다.

사고지 한 가운데에 봉화 태백산 사고지의 유래를 설명하는 안내판이 있었다. 그 내용은 다음과 같다.

"사적 제348호, 조선왕조실록을 보관해오던 태백산사고가 있던 자리로

---

20) 삼각점 번호 : 춘양 305
21) 사고지 좌표와 고도 측정값 위도 37.000033 경도 128.908769 고도 1,034m

조선시대 5대 사고 중 하나이다. 조선왕조는 오대산, 마니산, 적상산, 춘추관, 태백산에 각각 사고를 지어 실록을 보관하였다. 태백산 사고 터는 경상감사 류영순이 추천하여 선조 39년(1606)에 짓고 1913년까지 실록을 보관하였던 곳이다. 일제강점기 조선총독부는 이곳에 있던 실록을 경성제국대학으로 옮겼다. 실록은 광복 후 서울대학교 규장각에 있다가 이관되었으며, 현재 국가기록원 부산기록관에 있다. 사고 건물은 해방전,후 불타 없어지고 산사태 등으로 매몰되었던 것을 1988년 발굴하였다. 실록각, 선원각, 포쇄각, 근천관 등의 건물터가 남아 있다."

　그동안 정치적 상황에 따라 이곳에 보관하던 실록도 많은 우여곡절을 겪었음을 알 수 있었다.

　사고지를 돌아보고 각화사까지 내려오는 데는 능선길로 20분 걸렸다. 다 내려왔더니 절 뒤에 사각형으로 된 커다란 물탱크가 있고, 곧 대웅전 건물 앞으로 나오게 돼 있었다. 이리로 해서 올라갔으면 사고지를 좀 더 쉽게 갈 수 있었을 텐데 건물이 조밀하게 배치되어 있어 사고지로 가는 길이 보이지 않았던 것이다. 한편 수호 사찰을 통해서만 사고지를 갈 수 있게 건물을 배치한 것은 사고(史庫) 보호차원에서 일부러 그렇게 했을 것 같기도 했다.

　생각해보면 태백산 사고가 설치된 1606년 무렵은 임진왜란이 끝나고 아직 전쟁의 상처가 완전히 치유되지 않은 시점이다. 그렇지만 당시 사람들은 실록을 영구적으로 보호하기 위한 조치를 서둘렀다. 장차 어떤 재난에도 사람들의 손때가 묻지 않을 것 같은 이런 깊고 깊은 험지(險地)를 물색하는 일로 꽤 많은 생각을 했을 것이다. 조선왕조실록 사고지에는 기록문화를 지키기 위해 애썼던 옛사람들의 정성이 배어 있는 것 같다.

병자호란의 용장
지여해(池汝海) 장군 묘갈명(墓碣銘)

▲ 지여해 장군 묘(충북 청주시 상당구)

　청주시 상당구 남일면 은행리 농골 마을. 산비탈이 시작되는 부분에 남
향으로 평범하지 않은 묘(墓)가 있다. 병자호란 때 남한산성에서 전사한 지

여해 장군 묘다. 장군의 묘 옆에는 장군의 말 무덤이 함께 있는 것도 색다르다. 이 묘의 묘갈명을 조선 시대 유명한 정치사상가인 우암 송시열이 썼다는 점이 큰 특징이라 하겠다. 물론 이곳을 보다 의미 있게 하는 것은 이런 외형적인 모습이 아니라 혼란의 시대를 올곧고, 치열하게 산 장군의 삶일 것이다. 장군의 삶은 묘갈명에 자세히 기술되어 있으므로 이를 중심으로 소개해 보고자 한다.

송시열은 묘갈명의 서두에서 장군의 외손서(外孫婿)인 침랑(寢郞)[22] 이태경(李泰卿)의 부탁에 의해 글을 쓰게 되었음을 밝히고 "지공(池公)은 의로운 사람이므로 그의 죽음을 숭상하지 않을 수 없으며, 성스러운 임금님의 말씀도 있었다." 그래서 끝내 사양할 수 없었고 글을 쓰게 되었다고 말하고 있다.

예로부터 예사롭지 않은 인물이 태어나려면 징조가 있는가 보다. 장군은 태어날 때 아버지가 용이 방으로 들어오는 꿈을 꾸고 낳았다고 한다. 젊어서는 청주에서 스승을 찾아 서울로 올라가서 배웠다. 그 당시 보통 선비들처럼 처음에는 문과(文科) 시험을 준비한 듯하다. 그러다가 방향을 바꿔서 무과(武科)에 응시하여 합격해서 무인의 길로 들어서게 되었다.

정묘호란 때 장군은 영변 판관(判官)[23]이 되어 군무를 잘 처리하였다. 그때 인근 지역에 오랑캐가 주둔했었는데 장군은 결사대 3백 명으로 이들을 야습해서 많은 적을 죽이고 포로로 잡았다. 이에 나머지 적들은 달아났

---

22) 조선 시대, 종묘, 능침, 원의 영과 참봉 등을 통틀어 이르는 말
23) 묘갈명에는 그 당시 직책이 通判으로 되어 있으나 승정원일기에는 判官으로 되어 있다.

다. 참고로 묘갈명 외에 승정원일기에 기록된 당시 이 전투에 관한 평안감사의 장계를 보면 적병 1,000여 기(騎) 가운데 달아난 적은 불과 50여 기밖에 안 되었다고 했다. 대단한 승리였다. 임금께서는 이 보고를 들으시고 가상하게 생각하시어 장군을 절충장군으로 승진시켜 용천 부사에 임명하였다. 그런데 장군은 용감한 무장이기는 하나 올곧은 성격으로 손님 접대를 잘못했던 것 같다. "공이 재물과 주식(酒食)으로 빈객(賓客)을 잘 섬기지 않는 바람에 어떤 사람이 상부에 참소하여 무고를 받아 충군(充軍)되고 말았다."라고 묘갈명에서 적고 있다. 오늘날로 말하면 보직 해임 당했다는 뜻이다. 장군은 여기에 더하여 의주로 귀양까지 가게 되었다.

의주에서 귀양살이할 때 평안도 철산 앞바다에 있는 섬인 가도에 명나라 장수 유흥치가 와 있었는데 변란을 일으켰다. 장군은 백의(白衣)로 종군하여 난을 제압하는데 공로가 있어서 임금님의 명에 의해 복직되었다. 장연부사가 되었다가 어떤 사건으로 금방 관두게 되었다가 사면되어, 다시 철산 부사로 임명되었다. 장군이 부임했던 세 고을 백성은 모두 장군을 사모하여 나중에 비석을 세워 칭송했다고 한다.

병자호란이 일어나자 임금님은 강화로 피난 가려고 했는데 오랑캐가 이미 가까운 곳에 이르렀다. 임금님께서 문루(門樓)로 가 아랫사람들에게 대책을 물으니 장군은 "적이 국경을 침범한 지 3일밖에 안 되었는데 벌써 이곳에 이르렀으니 반드시 지쳐있을 것입니다. 제가 5백 정병(精兵)을 이끌고 사현(沙峴)에서 기다리고 있다가 적의 선봉을 요격할 터이니 그 틈에 강화로 갈 수 있을 것입니다." 말했다. 임금님께서 여러 신하에게 이 의견에 관해 물어보니 사람들은 적이 많은지 적은지 알 수 없으니 5백 명으로 시험할 수 없다고 하여, 임금님께서는 남한산성으로 향하였다. 이에 장군은 선발대로서 한강으로 달려갔다가 돌아와 "얼음이 매우 견고하므로 염려할 바 없습니다." 보고했다. 강을 건넌 다음 다시 길을 살펴보라는 명에 따라 먼저 가보고 그대로 가도 된다고 보고했다. 장군은 선두에서 칼로 빙판(氷坂)을 쳐서 깨트리니 수행하는 사람들도 함께 얼음을 깨서 임금님의 말이 순탄하게 성안으로 들어갈 수 있었다.

성이 오랫동안 포위되자 병사들이 지쳤으므로 장군은 별장(別將)으로서 밤낮으로 성을 순시하며 그들을 격려하였다. 장군이 어느 날 체찰사에게 "임금이 치욕을 당하면 신하는 죽는다는 말이 바로 오늘에 해당합니다. 성 밖으로 나가 싸워 신하의 절개를 바치고 싶습니다." 말했다. 체찰사가 임금님께 장군의 말을 아뢰자 임금님께서는 술을 주어 보내 격려했다. 장군은 어영(御營)의 포수(砲手)들을 거느리고 성 밖을 나가서 험한 곳을 지나 벌판으로 내려가 오랑캐와 가까운 곳에 진을 쳤다. 적이 거짓으로 퇴각하여 싸움을 피하므로 온종일 싸우지 못하다가 날이 저물어 철수하려고 할 때 오랑캐가 철기(鐵騎)로 급습해왔다. 장군은 후퇴하지 않고 그들과 맞서 싸우다가 전사했다. 이때 장군과 함께 싸우다가 죽은 병사가 수백 명이었으니, 병자년 12월 29일이었다.

이 전투는 오늘날 흔히 법화골 전투로 불린다. 남한산성 북문에서 나와 약 2km 정도 산길을 내려오면 골짜기를 벗어나 넓어지는데 이곳이 법화골[24]이다. 비록 실패했지만, 남한산성 공방전 중 조선군의 가장 적극적인 전

---

24) 행정구역상으로는 하남시 춘궁동 지역에 있음.

투 행위였다.

임금님께서 군대가 패했다는 보고를 듣고 "지 장군도 죽었는가?" 물으시고 특별히 애도 하다가 군대를 전쟁터로 보내어 공의 시신을 찾아 성으로 들어오도록 한 다음에 수의를 하사하시어 염습하여 묻어주도록 하였다. 한편 "장군의 자손에게는 부역을 면제해 주고 등용하도록 하고, 해마다 음식물을 제공하여 임금께서 잊지 않고 있다는 뜻을 드러내도록 하라" 말씀하셨다. 그리고 특별히 가선대부(嘉善大夫) 병조참판(兵曹參判) 겸 동지의금부사(兼同知義禁府事)의 벼슬을 추증하였다. 현재 장군의 묘는 은행리에 있는데 그다음 해에 이장한 것임을 묘갈명에서 밝히고 있다.

장군은 아들은 없고, 딸만 세 명을 낳아서 딸의 후손들이 임금님이 말씀하신 혜택을 받게 되었다. 그중에서 첫딸은 은진 송씨 안소당공파의 파시조인 송국헌에게 시집을 가서 후손을 번성시켰다. 송시열은 은진 송씨 문중의 사람이었던 인연으로 장군의 묘갈명을 쓰게 된 것 같다. 송시열은 병자호란 때 인조 대왕과 봉림대군을 호종하여 남한산성에 있었으므로 그 당시 사정도 잘 알고 있었을 것이다.

송시열은 묘갈명에서 "어려운 상황이 되면 구차하게 죽음을 모면하려고 임금을 잊어버리고, 나라를 저버린 자가 숱하게 생긴다. 장군은 분연히 자기 몸을 돌아보지 않고 용감하게 적진에 뛰어들어 뜻을 이루고 절개를 세움으로써 하늘이 부여한 것을 등지지 않았으니 어찌 위대하지 않은가?" 말하고 있다.

"임금이 외로운 성으로 나가니 세가 궁한 것이 극에 이르렀도다. (國步孤城 °勢窮理極) 공이 용기를 분발하여 마치 우레가 달리고 번개가 치듯이

했도다. (公奮其勇 °雷奔電激) 살아서는 충신이요. 죽어서는 귀신의 영웅이 되었도다. (生爲忠臣 死爲鬼雄) 남한산성 주변의 기가 응결해 무지개로 변했도다. (南漢城邊 氣結爲虹) 내가 그의 명을 새기어 무궁한 후세에 보이노라. (我銘其藏 以示無窮)"로 묘갈명은 끝맺고 있다.

어우당 유몽인 그리고 정조대왕

▲ 어우당 유몽인 묘(경기 가평)

가평에 있는 조선시대 유명한 문장가 어우당 유몽인 묘소에 다녀왔다. 묘소는 가평군 향토 문화재다. 묘소 가는 길 250m는 나무 데크로 잘 만들어 놓아서 산길이지만 걷기에 편했다. 묘역에 도착했는데 능선에 묘가 세 개 있었다. 맨 위에 있는 묘가 유몽인의 묘다. 나는 우선 참배했는데 죽은 사람이어서 참배하는 것이 아니라 나름 의리를 지키고자 했던 사람이어서 참배한다고 생각했다. 묘소를 두루 살펴봤다. 묘는 부인 고령 신씨와의 합장묘였다. 유몽인이 지은 『어우야담』에 부인이 죽어서 가평에 장지를 정했다는 기록이 있다. 먼저 부인의 묘였는데 나중에 합장한 것임을 추정할 수 있다. 이곳에 있는 묘역 설명문에 의하면 묘에 있는 석물(石物) 중에서 문인석과 상석은 부인의 묘가 조성될 당시부터 있던 것으로 추정되고, 거북 모양 받침돌 위에 설치된 멋있는 비석은 비교적 최근인 2008년에 조성한 것이라 했다. 여러 석물 중에서 나는 오래된 문인석의 숭굴숭굴한 표정에 정감(情感)을 느꼈다. 문인석에 여러 번 눈이 갔다. 묘를 살펴보고 나서 명당이라고 하는 이곳의 지세도 살펴보면서 유몽인의 삶을 회상해 보기도 했다.

내가 유몽인에게 관심을 두게 된 것은 그의 저서인 『어우야담』 읽으면서다. 이 책은 조선 후기에 성행한 야담류의 효시가 되는 책이라고 한다. 유몽인은 『어우야담』에서 친구인 성여학이 '시문(詩文)이 비록 가치가 있을지라도 많은 사람이 감상할 줄 모르니 소설이나 세상의 이야기를 모은 책을 짓는 것만 못하다. 세상을 교화하는 데 도움이 될 뿐만 아니라 많은 사람이 즐겨 볼 것이다.' 했는데 그 말을 옳게 여겨서 그동안 보고 들은 바를 모아서 『어우야담』을 지었다고 했다. 이 책은 상당히 방대한 양의 일화와 설화를 모은 책이다. 이 책을 읽다 보면 임진왜란 전후의 생활상과 그 당시 사람들의 생각, 유몽인이 추구했던 세계관 등을 엿볼 수 있다. 책의 전체 내용은 많으나 적당한 길이의 이야기들로 구성되어 있어서 읽으면서 지루하지 않았다. 많은 이야기는 단순한 이야기로 끝나지 않고 시사하는 바가 있어 생각도 하게 했다.

유몽인이 처음 벼슬을 시작한 것은 선조 임금 때였다. 여러 벼슬을 하였는데 특이한 것은 당시 세자였던 광해군의 교육을 담당하는 세자시강원의 직책을 여러 차례 맡았었는데 광해군과 돈독한 관계가 되는 계기가 되었을 것 같다. 중국에 사신단의 일원으로 드나들면서 문장이 뛰어난 것으로 중국에서도 인정받았다. 유몽인은 산문과 시에 모두 능했던 것 같다. 『어우야담』에도 문장이 뛰어난 것으로 중국 사람들에게 칭찬받았다는 내용이 나온다.

임진왜란이 일어났을 때는 명나라에 사신단의 일원으로 갔을 때였다. 귀국하여 당시 세자였던 광해군 중심의 임시 조정인 분조(分朝)에 따라가 활동했다. 나중에 이 공으로 위성공신(衛聖功臣)이 되기도 했다. 전쟁이 끝나고는 황해감사를 역임하고, 도승지로서 임금을 모실 때 선조 임금이 돌아가시고 광해군이 왕이 되었다.

유몽인은 광해군 시대에도 여러 벼슬을 하는 등 중용되었으나 인목대비의 폐모 문제에는 동의하지 않았다. 시(詩)를 지어 인목대비를 폐출하려는 세력에 대한 반발심을 표시하기도 했다. 인조반정이 일어났을 때 유몽인은 벼슬을 내놓고 금강산에 가 있었다. 반정 세력에 의해서 처음에는 숙청되지 않았다. 그러나 광해군과 각별한 관계였던 유몽인이 반정 세력에게는 껄끄러웠나 보다. 인조 임금이 왕위에 오르고 몇 달 지나지 않아 광해군을 복위하려 한다는 무고에 연루시켜 유몽인을 사형에 처했다.

유몽인이 신원(伸冤)된 것은 세월이 한참 흘러 정조 대왕에 의해서다. 정조 대왕께서는 "임금이 비록 무례하다고 하더라도 신하는 충성하지 않을 수 없으며, 남편이 어질지 못해도 여자는 정절을 지키지 않을 수 없다."고 했다. 유몽인은 인목대비를 폐모하고자 하는 당시의 윤리 의식에 어긋

나는 광해군의 정책에는 비록 반대했지만, 군주인 광해군에 대한 의리, 한 사람이 두 임금을 섬기지 않는다는 불사이군(不事二君)의 의리를 지키고자 했다고 봤다. 정조 대왕은 그때까지 필사되어 전해온 유몽인의 시와 글을 구해서 읽고 "태반이 굴원의 이소경(離騷經)이 남긴 뜻을 깊이 체득하여 김시습의 시(詩)와 백중지세(伯仲之勢)가 되며, 신하와 여자로서 두 마음을 품고 있는 자들이 얼굴을 붉히게 하는 내용"이라고 했다. 그러면서 "설악산과 같은 김시습과 금강산과 같은 유몽인을 다르게 보아서야 되겠는가?" 했다. 정조 대왕께서는 유몽인을 그때까지의 역적이라는 누명을 벗겨주었을 뿐만 아니라 이조판서의 벼슬과 '곧은 의리'라는 뜻의 의정(義貞)이라는 시호를 추증했다.

유몽인의 신원(伸冤) 요청이 있었을 때 조정에서는 이를 들어주지 말자는 의견도 있었다. 그러나 최대한 유몽인 입장에서 이해하려고 했던 이는 정조 대왕이었다. 실록에 쓰여 있는 그 당시 유몽인과 관련한 정조 대왕의 말씀을 살펴보면 정조 대왕은 그때까지 전해진 유몽인의 시문(詩文)을 빠짐없이 구해서 어느 사람보다도 깊이 있는 연구한 것 같다. 흔히 개혁 군주라고 불리는 정조 대왕께서 이 정도로 자상한 면이 있는 분이라는 것을 새로 알게 됐다. 유몽인도 범상하지 않은 사람이지만 정조 대왕의 또 다른 위대함에 눈을 뜨게 된 순간, 나는 가슴이 뭉클했다.

현목수비 박 씨 이야기

▲ 수비 박 씨의 무덤인 휘경원(경기 남양주)

　내 아들이 왕이 되는 모습을 보는 꿈. 아마도 그것은 옛날 궁궐 여인들의
꿈이며, 가장 큰 영예였을 것이다. 조선 시대의 경우 후궁 소생의 왕자가
왕이 되어 대통을 이은 경우가 여러 차례 있었으나, 거의 다 정작 왕을 낳

은 후궁은 죽은 다음에 나중에 이루어진 일이다. 살아생전에 자기가 낳은 왕자가 임금이 된 것을 자기 눈으로 직접 본 후궁은 정조의 빈(嬪)이었으며 나중에 비(妃)로 추존된, 조선 제23대 국왕 순조의 생모인 현목수비(顯穆綏妃) 박 씨(朴氏)가 유일하다.

수비 박 씨에 관해서는 어릴 적 꿈과 희망을 품게 했던 신데렐라 이야기 와도 맥이 통하는 것 같은 야사(野史)가 전해 오고 있다.

정조의 고모부인 금성위 박명원은 손이 귀한 왕실 사정을 생각해서 정조 에게 후궁을 들일 것을 간청하여 허락받았다. 그런데 애당초 간청할 때는 사촌 조카딸을 염두에 두고 있었으나 막상 사촌을 만났더니 딸이 후궁이 되는 것을 완강히 거절했다. 사촌은 후궁은 왕자를 생산하지 못하면 빛을 보지 못하며, 설령 왕자를 생산한다 해도 시기와 암투가 횡행하는 궁중에 사랑하는 딸자식을 보내고 싶지 않다고 했다.

박명원은 쉽게 될 줄 생각했던 일이 뜻대로 되지 않아 고민하고 있었는 데, 뜻밖에 여주에서 농사를 지으며 서생 노릇을 하는 먼 친척뻘 되는 박 생원이 장마로 집과 재산을 잃고 가족들을 데리고 무조건 서울로 박명원에 게 의탁하러 왔다. 그런데 마침 데리고 온 딸아이가 있어서 만나 본 즉 비 록 시골 처녀지만 착한 성품에 여느 양갓집 규수에 못지않은 용모와 품격 을 지니고 있었다고 한다. 이에 정조에게 중매를 서서 후궁으로 맞아들이 게 하였는데 이 이가 바로 수비 박 씨라고 한다. 마치 가난하고 착한 소녀 가 어느 날 왕자님을 만나 행복하게 살게 되었다는 동화 같은 분위기이다.

그러나 실록에 의하면 수비 박 씨는 어느 날 갑자기 후궁이 된 것은 아니 고, 간택을 거쳐서 후궁이 되었다. 조선 시대에 후궁이 되는 방법이 몇 가지 있는데 그중에서 정식 절차가 간택에 의한 방법이다. 간택에 의한 방법은 명문가의 규수들을 대상으로 몇 단계의 선발 절차를 거친다. 그리고 왕과 정식으로 혼인하는 절차를 치른 후에 후궁이 된다. 이런 면에서 보면 수비 박 씨의 집안은 야사와 달리 비록 높은 벼슬은 아니지만, 시골에서 농사나 짓는 무명의 양반이라고는 할 수 없다. 실제 수비 박 씨가 속한 반남 박씨는 조선 시대를 통틀어 보면 왕실과 몇 번 인척 관계를 맺는 명문가 중의 하나이다.

그렇다면 실록과는 다른 장마 덕에 후궁이 되었다는 동화 같은 야사는 어떻게 생긴 것일까? 아마도 그것은 착한 사람이 행복하게 살기를 바라는 민중들의 염원에서 만들어진 이야기가 아닐까 싶다. 수비 박 씨의 삶은 이런 이야기의 전형(典型)이 충분히 될 수 있을 것 같다.

조선 시대 후궁 중에서 수비 박 씨만큼 여러 사람으로부터 칭송을 들으며 행복한 삶을 살았던 사람도 드물다. 임금인 정조로부터 "이 사람은 보통 후궁과 똑같이 대우해서는 안 된다."는 말을 들을 정도로 총애 받았다. 한편 시어머니인 혜경궁 홍씨가 쓴 한중록에도 "내가 몸소 낳은 딸과 같은 정이 있으며, 선왕(정조)께서도 특히 중히 여기셨다."는 기록이 보인다. 수비박 씨가 입궐했을 때 궁중에는 정순왕후 김 씨, 효의왕후 김 씨, 혜경궁 홍씨 세 분의 웃어른이 있었는데 수비 박 씨를 모두 좋아했다고 한다. 그 당시 궁중 살림살이를 살펴보면 아들 순조가 즉위한 후에는 비록 후궁이지만 재정적으로도 대왕대비에 거의 못지않은 대우를 받은 것을 알 수 있다. 무엇보다도 아들 순조가 즉위하는 것을 직접 보았으니 이보다 더 큰 행복이 어디 있겠는가.

수비 박 씨는 성품이 온유하고 예절이 밝으며, 무척 검소하였다. 아들 순조가 임금이 된 이후에도 절대 교만하지 않고 왕실의 세 어른에게 하루 세 번 문안 인사를 빠지지 않았으며, 항상 겸손했다고 한다. 한편 궁중에서 사용하는 의복이나 그릇 등 일상용품도 화려한 것을 좋아하지 않고 소박한 것을 사용하였다. 궁녀가 옷을 만들고 남은 천 조각을 함부로 버렸다가 크게 꾸중을 듣기도 했다. 그리고 아들 순조가 왕세자가 되었을 때는 아첨하는 무리가 뇌물을 바치자 의금부에 넘겨서 혼이 나게 한 적도 있었다.

수비 박 씨는 외양적인 멋이나 아름다움을 추구하는 그런 여인이 아니라 내면의 가치에 의미를 두는 전통적인 윤리 의식이 몸에 밴 여성이었던 것 같다. 아마도 어렸을 때부터 그런 생활 태도를 몸에 배도록 익혔을 것이다. 그의 행복한 삶은 저절로 만들어진 것은 아니고 상당 부분 그의 성품 때문에 이루어질 수 있지 않았나 싶다.

수비 박 씨의 묘소는 남양주시 진접읍 광릉숲 부근에 있는 휘경원이다. 평소에는 비공개 지역이나 매년 5월 27일 제향(祭享)을 지낼 때는 일반인도 이에 참여할 수 있다. 제향에 참여해 보았더니 진행자가 제향을 진행하는 간간이 전통 제사 절차와 수비 박 씨의 일생에 관해 설명하면서 진행해서 다시 한번 그의 삶을 생각하게 했다. 되돌아 나오면서 바라보는 휘경원의 인상이 수비 박 씨의 성품처럼 단아하고, 포근한 느낌이 들었다.

한 맺힌 자작 고개에서

▲ 자작 고개(강원 홍천)

강원도 최대의 동학혁명군 전적지, 그곳이 불현듯 찾아보고 싶었다. 스산한 겨울 어느 날 홍천 서석면에 있는 자작 고개를 찾았다. 고개는 옛날에는 사람들이 걸어서 넘어 다녔겠으나 지금은 차량이 드나들 수 있는 터널이 뻥 뚫려 있었다. 터널 입구 위에 '홍천 서석면 동학농민군 최대격전지'라 쓰여 있고, 터널 들어가는 도로 양쪽 벽에는 그때의 전투 장면을 벽화로 몇 장 그려 놓아 이곳을 알리고 있었다. 여러 그림 중에서 한 장, 다섯 명의 농군 복장의 동학농민혁명군이 '사람답게 살아보자'라는 구호와 함께 화승총, 죽창, 낫을 긴 막대에 매어 만든 창을 들고 함께 서 있는 그림이 있었다. 이 그림을 찬찬히 한동안 바라보았다. 민초들의 군대였던 동학농민혁명군의 모습을 잘 표현했다고 생각했다. 그때의 기운을 느낄 수 있었다.

터널을 빠져나가자 넓은 주차장이 있었다. 주차장에서 짧은 돌계단에 올라서니 동학 공원이었다. 공원은 상당히 넓었다. 주변보다 높은 언덕 위에 있어서 일대를 내려다보며, 멀리 떨어진 서석 외곽의 산들도 둘러볼 수 있었다. 이곳은 동학혁명군이 진을 쳤던 곳이라 '진등'이라 불린다고 하는데 과연 진을 칠만한 충분한 넓이와 지세를 갖춘 곳 같았다. 공원에는 한쪽에 동학정이라 불리는 팔각정과 다른 한쪽에 동학혁명군 위령탑이 보였다. 공원을 한 바퀴 도는 산책로도 잘 마련되어 있어 산책하는 주민들이 더러 보였다. 나도 한 바퀴 돌아서 위령탑에 참배했다.

생각해 보면 강원도가 동학과 인연을 맺은 것은 오래되었다. 일찍이 제1대 교주 최제우가 처형될 때 교도 이경화는 영월로 유배되어 그곳에서 포교 활동을 했다. 동학에 대한 관(官)의 탄압이 심해지자 제2대 교주 최시형도 심마니로 가장하여 영월지역으로 숨어들었다. 처음에는 영월, 정선지역에서 포교 활동을 하다가 차츰 범위를 넓혀 양양, 인제, 홍천 등 각 지역을 순회하며 포교 활동을 함으로써 재기의 발판을 마련하였다. 특히 인제 지역에서는 동학의 경전인 '동경대전'과 '용담유사'를 인쇄하기도 했다.

1854년 3월에 있었던 동학농민혁명 1차 봉기 때 강원도 지역에서는 참여하지 않았다. 9월에 있은 2차 봉기 때 최시형 교주가 참여를 허락하였다. 차기석 대접주가 이끌던 강원도 중부 지역의 세력은 동학농민혁명군 북접 세력의 일부로서 이에 합류하고자 충청도 방면으로 남하하려고 했다. 그러나 맹영재 토벌대의 저지로 남하하지 못하고 홍천으로 되돌아왔다. 10월 21일 장야평[25]에서 소규모 접전이 이루어져 동학농민혁명군은 30여 명의 희생자를 내고 서석면에 있는 지금은 동학 공원인 '진등'으로 후퇴했다.

다음날인 10월 22일[26] 동학농민혁명군은 흰 깃발을 세우고 진(陣)을 친 다음에 총을 쏘며 토벌군과 결전을 벌였다. 그러나 의욕과 용기는 넘쳤으나 신식무기로 무장한 토벌군을 당할 수 없었다. 많은 희생자가 발생했다. 이때 희생된 인원수에 관하여 보통 800명 또는 1,000명[27]으로 기록하고 있는데 토벌군 대장 맹영재의 보고에 의하면 "총으로 쏘아 죽인 자가 수를 헤아릴 수 없다"고 할 정도로 많았다.

이때 희생자들의 시신(屍身)을 자작 고개에 대충 웅덩이를 파고 묻었다. 죽은 사람뿐만 아니라 아직 목숨이 끊어지지 않은 부상한 사람도 잔인하게 그대로 묻었다. 1970년대에 새마을 사업으로 길을 내는 과정에서 그때의 유해가 대량으로 발굴되었다. 주민들은 이 일이 있고 나서 한동안 무서워서 이 고개를 다니지 못했다. 주민들은 그때 죽어간 원혼들을 위로하기 위한 방안을 의논하고 군수에게도 건의했다. 당시 성기방(成耆昉) 홍천 군수의 동학에 대한 이해와 후원으로 1977년에 이 동학혁명군 위령탑을 세웠다.

위령탑에서 가까운 곳에 넓은 돌판의 또 다른 비(碑)가 있어 가까이 가보

---

25) 현재 홍천군 화촌면 장평리
26) 위의 날짜들은 음력 날짜임, 당시 음력 10월 22일은 양력 11월 19일이다.
27) 자료에 따라서는 더 많은 인원수를 기록하기도 한다.

았다. 주현미가 부른 '자작 고개 노래비'였다. 이곳의 사연을 생각하면서 비에 새겨진 노랫말을 읽어 보았다.

생각을 말자 그러나 잊어서는 안 된다.
동학군 목숨 다 바친 자작 고개 역사를
누굴 위해 들었던가 그 깃발 찢기던 그날
피맺힌 가슴 맺힌 그 한을 어찌 풀까
자작 고개 언덕에서 목숨 거둔 님들아

그때 홍천 서석면의 인구가 1,000명 남짓했는데 차기석 접주가 이끌던 강원도 중부 지방 동학혁명 농민군은 2천 명에서 3천 명까지 달했다고 한다. 대단한 숫자다. 그 많은 사람이 한이 맺혀서, 한을 풀려고 일어났고, 또 한을 품은 채 죽어갔다.

그 많은 사람이 왜 일어났던가? 동학농민혁명은 '반봉건', '반외세'를 지향하는 최초의 전국적인 민중운동이었다. 그때는 일종의 말기적 현상으로 민중들이 견딜 수 없을 정도로 관리들의 수탈이 극심했다. 민중의 이에 대한 한(恨)이 폭발한 것이리라. 한편 동학의 인내천(人乃天) 사상은 자유와 평등의 새로운 세상을 지향했다. 구 세상을 개혁하고 새 세상을 열고자 하는 민중들의 강렬한 열망, 그것이 분출한 것이리라.

동학농민혁명은 결과적으로 실패했다. 그러나 민중들의 머릿속에서 잊히지는 않았다. 탄압 속에서도 동학은 사라지지 않고 3.1운동 때 동학을 계승한 천도교는 중요한 역할을 했다. 오늘날에도 부당한 권력에 저항하고,

더 나은 세상을 열고자 하는 그 정신은 우리나라의 강렬한 전통으로 이어지고 있다. 지금도 완전하지는 않겠지만, 그래도 그들이 그토록 원했던 세상, 그런 세상에 우리는 지금 살고 있는 것이리라.

▲ 동학공원에 있는 자작고개 노래비

홍유릉을 다녀와서

▲ 유릉의 침전(가운데 건물)과 석인, 석물들

우리나라에 평범한 왕릉이 아닌, 옛날 황제의 능(陵)이 있는 곳이 있다. 경기도 남양주시에는 대한제국의 황제였던 고종의 능인 홍릉(洪陵)과 순종의 능인 유릉(裕陵), 그리고 그 마지막 황실 가족들의 묘소가 있는 곳이 있다.

아직 겨울 기운이 가시지 않은 3월 스산한 날, 나는 함께 하기로 한 일행보다 조금 앞서 도착했다. 마침 매표소 앞에 홍릉·유릉 역사문화관이 있어서 혼자 천천히 살펴보았다. 이곳에는 홍릉과 유릉의 유래, 황제릉으로서의 공간 구성 특징 등 자료가 잘 갖춰져 있었다. 이곳이 유네스코 세계유산으로 등재된 것도 처음으로 알게 되었다. 누구나 능을 답사하기에 앞서 둘러보는 것이 좋겠다는 생각이 들었다.

일행이 도착하자 해설사를 모시고 홍릉부터 관람을 시작하였다. 홍릉은 고종과 명성황후의 합장릉이다. 명성황후시해사건 때 명성황후는 일본인들에게 처참하게 시해당한 후에 시신은 궁 밖에서 불태워지고 폐서인 되었었다. 후에 대한제국 성립과 동시에 명성황후로 복권되어 지금의 청량리에 홍릉을 조성하여 모시다가, 나중에 고종이 승하한 후에 이곳 남양주 금곡에 옮겨 합장한 것이다.

먼저 홍릉에 들어가면서 왼쪽에 있는 재실(齋室)을 둘러보았는데, 이곳은 능참봉이 평소 거주하면서 업무를 보는 곳으로, 제사 때에는 여러 가지 준비를 하는 곳이라고 했다. 다음에 홍살문을 들어서니, 황제릉답게 거대한 문인석과 무인석, 기린, 코끼리를 비롯한 여러 가지 석물이 있었다. 조선의 다른 왕릉의 경우에는 이런 석물들이 봉분 둘레에 있는데 이곳은 황제의 능이라서 그러하지 아니하고 홍살문을 지나서 침전(寢殿) 앞에 이렇게 늘어서 있다고 하였다. 침전은 이곳에 제사 음식을 진열하고 제사를 지내는 건물이다. 조선 시대의 다른 왕릉은 이 위치에 정자각(丁字閣)이 있는데 비하여, 이곳은 황제의 능이어서 일자(一字) 형태의 침전이 있다고 한다.

침전 내부를 살펴보고 나는 혼자 건물 뒤로 가서 황릉의 봉분을 쳐다보았다. 봉분은 직접 올라가서 볼 수 없게 되어 있으므로 이곳에서 잠깐 그곳을 바라보며 묵념을 드렸다. 생각하면 세상에 궁(宮) 안에까지 침입하여 한 나라의 국모를 무참하게 살해한 경우가 그 어디에 있었는가? 한편 일본인들이 궁을 그렇게 쉽게 침입할 수 있었던 것은 내부에 협력자가 있었다는 뜻인데, 어떻게 아무리 돈과 권력에 매수되었다고 하더라도 국왕 부부가 있는 곳을 그렇게 쉽게 외부 침입자들에게 문을 열어 줄 수 있는가? 생각할수록 통탄할 일이다.

홍릉 관람을 마친 후에 영원(英園)으로 갔다. 영원은 조선의 마지막 황태자였던 영친왕과 비(妃) 이방자 여사가 합장된 곳으로 황제릉에 비하여 크기가 작고 간소하여 아담한 느낌이 들었다. 영원은 조선 시대의 다른 왕릉의 예에 따라 정자각(丁字閣)이 있으며, 문인석과 무인석을 비롯한 석물들이 봉분 있는 곳에 늘어서 있었다.

영친왕은 고종의 막내아들로 순종의 이복동생이다. 순종의 황태자가 된 후 얼마 지나지 않아 유학이란 명분으로 일본으로 가게 됐다. 사실상 인질이었다. 8·15 광복이 되자 돌아오기를 원했지만, 왕정 부활을 염려한 이승만 정권에 의하여 입국이 막혔었다. 60년대 초가 되어서나 박 대통령의 배려로 병든 몸으로 겨우 고국으로 돌아올 수 있었다.

다음에 덕혜옹주 묘와 의친왕 묘를 둘러보았는데, 이 두 묘소는 평범한 일반인들의 묘소와 같이 상석, 망주석, 장명등 정도의 간략한 석물들로 구성되어 있었다. 고종의 막내딸로 어렸을 때 누구보다도 귀여움을 받고 자랐으나, 일본으로 신식여성 교육이라는 명분으로 인질로 가서 불행한 삶을 살았던 덕혜옹주. 반일 감정을 갖고 상해 임시정부로 탈출하기 위해 압록강을 건넜으나 잡혀서 되돌아와야만 했던 의친왕. 마침 유릉으로 오는 길에 두 분의 사진들을 길옆에 전시하고 있어서, 비운의 황실 가족들의 고단했던 삶을 되새기게 했다.

마지막으로 순종과 순명 황후, 순정 황후 세 분의 합장릉인 유릉을 관람했다. 유릉의 건물과 석물들의 배치는 황제릉으로서 홍릉과 거의 같았다. 다만 문인석과 무인석을 비롯한 석물이 홍릉이 전통적인 수법에 의하여 제작된 데 비하여 유릉은 보다 사실적이고 입체적이라고 한다.

순종은 마지막 황제로서 등극했을 때 이미 국운이 다한 상태였다. 국권 피탈로 황제에게서 폐위되었고, 나중에 망국의 한(恨)을 담은 유언을 남기고 저세상으로 갔다. 순명 황후는 순종 등극 전에 사망하여 나중에 황후로 추존된 분이다. 살아서 대한제국의 황후가 되신 분은 사실상 순정 황후 한 분이다. 순정 황후는 국권 피탈을 반대하여 옥새를 치마 밑에 감추었다가 친일파인 큰아버지 윤덕영에게 빼앗겼다는 이야기가 전해지고 있다.

처음에 이곳 문화해설사는 홍유릉 경내에 있는 잣나무는 열매가 맺지 않는다고 말하였다. 일제는 조선 황족의 씨가 말라 없어지기를 염원하여 일부러 이런 나무를 심은 것이라고 했다. 참으로 간악(奸惡)하다고 할 수밖에 없는 일제, 평범한 사람이었으면 겪지 않았을 고초를 겪어야만 했던 황실 가족들의 삶, 온종일 홍유릉 경내 곳곳을 관람하는 내내 마음이 무거웠다.

항일의 시대

기미 만세 공원에 다녀오다

▲ 기미만세공원(강원 홍천)

　홍천 내촌면 물걸리에 있는 기미만세공원에 다녀왔다. 이곳 물걸리는 작은 시골 마을이지만 3.1운동 때 치열한 만세 시위운동이 있었던 곳이다. 그때 순국하신 여덟 분의 열사를 추모하는 '팔렬각'이라는 비각이 있으며, 그분들의 정신을 계승하는 취지로 '팔렬중학교'라 이름 지은 학교도 있다.

　공원 입구 왼쪽에 누구나 이곳을 쉽게 알아볼 수 있도록 '기미만세공원'이라 새긴 큰 돌을 세웠다. 공원 입구 오른쪽에는 팔각정 건물이 눈에 띄는데 이것이 팔렬각(八烈閣)이다. 이곳에 순국 팔 열사의 이름을 새긴 기념비를 보존하고 있었다. 팔렬각의 약사를 넓은 돌판에 새긴 비(碑)가 있었다. 이에 의하면 해방 이듬해인 1946년에 팔 열사를 기념하는 현창탑(顯彰塔)을 건립하려다가 6.25사변으로 하지 못하고, 1963년에 팔렬각을 처음 건립하였다. 현재 건물은 1995년 광복 50주년을 맞아 공원을 새롭게 정비하면서 기존에 있던 건물이 퇴락하여 철거하고 새로 건립한 것이라 하였다.

공원을 들어서면 넓은 공간이다. 많은 사람이 집회도 할 수 있고 차량을 잠시 주차할 수도 있겠다. 둘레에 팔 열사를 추모하는 시를 새긴 다양한 형태의 추모비가 여러 개 보였다. 공원의 상징인 기미만세상이 있는 곳으로 올라가는 계단 오른쪽에 가로가 긴 사각형 형태의 '물걸리 기미 만세운동 기념비'가 있었다. 비(碑)의 글은 상당히 긴 내용이지만 천천히 모두 읽어 보았다.

물걸리는 내륙지방과 동해안을 오가며 교역하는 상인이나 나그네가 묵어가는 교통의 요지였다. 홍천군의 사창(社倉)[28]인 동창(東倉)도 이곳에 있었다. 오가는 사람들과 우마(牛馬)가 득실거리며, 주막과 마방, 객주집이 번성하던 큰 마을이었는데 일제(日帝)의 침략을 받은 후에는 쇠퇴하기 시작하였다.

한편 1894년 동학혁명이 일어났을 때 물걸리는 동학 접주 차기석의 농민

---

28) 조선 시대에, 각 고을의 환곡(還穀)을 저장하여 두던 곳

혁명군이 활동을 시작한 곳이었다. 그때 수백 명[29]의 동학혁명군이 인근 서석면 풍암리 자작 고개의 마지막 전투에서 장렬하게 전사했다. 혁명은 미완(未完)으로 끝났다. 그러나 이곳 동학교도들은 절망하지 않았다. 교단 (敎團)을 유지하고 동학교를 새롭게 키우고 있었다.

1919년 삼일운동이 요원(燎原)의 불길처럼 전국으로 퍼질 때 물걸리에 서는 동학을 계승한 천도교인들이 중심이 되어 만세운동을 준비했다. 김 덕원 장두와 전성열 부장두의 지휘 아래 전영균의 약방 다락에서 태극기를 만들었다. 전우균과 이문순은 밤낮으로 산 넘고 물 건너 이 마을 저 마을로 연락하였다.

1919년 4월 3일 물걸리 동창마을에 인근 5개 면(내촌면, 화촌면, 서석면, 내면, 인제 기린면) 3천여 군중이 모여 만세를 불렀다. 전성열 사회로 김덕 원 장두의 연설이 끝나자 이문순의 선창으로 만세를 불렀다. '대한 독립 만 세, 조선 독립 만세'의 함성이 천지를 진동하였다. 시위 군중들은 동창마을 에서 지금의 기미만세공원이 있는 쪽을 향해 만세 행진을 했다. 그때 일제 헌병과 그들의 앞잡이들이 출동하더니 맨손으로 만세를 부르는 민중을 향 해 총을 쏘았다. 이때 이순극, 전영균, 이기선, 김자희, 연의진, 이여선, 김 기홍, 양도준 여덟 분이 즉사하였으니 이분들을 팔 열사(八烈士)로 추존하 고 있다. 이십여 명의 사람들도 이때 부상하였다. 일제의 마성(魔性)이 드 러난 무차별 사격이었다. 시위가 끝난 후 장두 김덕원과 시위를 준비했던 전영균의 집은 불태워졌다. 많은 이들이 체포되어 고문을 받아 불구가 되

---

29) 자료에 따라 8백 명 또는 1천 명 등으로 표기하는데 정확한 전사자 수는 파악할 수 없겠다.

는 등 고초를 겪어야 했다. 일제는 팔 열사의 죽음이 헛된 일이라고 선전했다. 홍청거리던 물걸리 마을의 옛 영광은 일제가 바라던 대로 점차 사라져 갔다.

그러나 물걸리 주민들의 기억에서 이 일은 도저히 잊힐 수 없는 사건이었다. 일제는 주민들 마음속 기억까지 뺏을 수는 없었다. 그들의 정신은 이어지고 있었다. 그래서 해방이 된 바로 이듬해 주민들은 팔 열사를 추모하기 위한 현창탑부터 건립하고자 했었다.

기념비의 글을 모두 읽고 계단을 올라 공원의 맨 위에 있는 기미만세상 (己未萬歲像) 앞에 섰다. 그때 만세 부르던 농민들의 모습을 사실적으로 표현한 조형물이다. 조형물을 한 바퀴 천천히 돌면서 자세히 살펴보았다. 어느 순간 움직이지 않고 서서 한참 바라보고 있자니 그때의 함성이 들려오는 듯 가슴이 두근두근했다.

돌아오며 생각했다. 어떻게 그때 그렇게 많은 군중이 시위에 참여할 수 있었을까? 내촌 인근 5개 면 지역은 산골 중의 산골이다. 인구밀도가 예나 지금이나 희박한 곳이다. 이런 지역에서 교통도 불편한 그때 3천여 명의 군중이 모였다는 것은 대단한 일이다. 그들은 탄압당할 것을 알면서도 왜 만세를 불렀을까? 일제의 조선 통치 행태를 살펴보면 철저한 수탈정책, 차별정책, 조선인 무시 정책이었다. 조선인과 일본인이 서로 존중하며 함께 잘살자는 주의가 아니었다. 조선 백성을 무시하고 빼앗아서 일본과 일본인을 살찌우는 정책이었다, 특히 내촌처럼 평지가 있어서 농사를 짓기 조금 편한 곳에서는 수탈이 더 심했다고 한다. 그럴 때마다 일제의 간섭을 받지 않고 자유로운 독립을 하고자 하는 민중의 열망은 쌓여 갔으리라. 억눌

렸던 감정, 쌓이고 쌓인 감정이 그때 일시에 폭발한 것이리라. 지금 일본 제국주의는 망하고 없지만 생각할수록 그들 일제가 경멸스럽다.

윤봉길 의사의 한 장의 사진

▲ 윤봉길 의사 사진(매헌기념관)

한 장의 사진! 서울 양재동에 있는 매헌 윤봉길 의사 기념관을 방문했을 때 볼수록 나에게는 강렬한 인상으로 다가왔다. 그 사진에는 잘생긴 젊은 이가 있다. 옷은 단정하게 양복 정장을 입었다. 그런데 오른손에는 권총을,

왼손에는 수류탄이 들고 있다. 가슴에는 글씨가 쓰인 커다란 하얀 종이가 놓여 있다. 그 내용은 다음과 같다.

"선서문, 나는 적성(赤誠[30])으로서 조국의 독립과 자유를 회복하기 위하야 한인애국단의 일원이 되야 중국을 침략하는 적의 장교를 도륙하기로 맹세하나이다. 대한민국 14년 4월 26일 선서인 윤봉길 한인애국단 앞"

이 사진은 1932년 4월 29일 중국 상해에 있는 홍구(虹口) 공원에서 당시 중국을 침략한 일본군 수괴(首魁)들을 폭탄을 던져 살해한 윤봉길 의사가 의거 이틀 전인 27일 촬영한 기념사진이다.

윤 의사의 의거는 우리나라 독립운동사의 3대 의열 투쟁 중에서도 영향력이 큰 사건이다. 당시는 3.1운동이 일어난 후 10년이 조금 더 지났을 때로 임시정부는 극도의 침체기였다. 이 의거로 한국인의 독립 의지가 식지 않았음이 세계만방에 알려졌다. 미주를 비롯한 재외 동포들의 지원도 활발해지고, 중국 정부의 전폭적인 도움도 받게 되어 임시 정부는 기반을 잡을 수 있게 되었다. 중국의 장개석 주석은 나중에 연합국들의 전후 처리 협상인 카이로 회담에서 전쟁이 끝나면 한국은 독립시킬 것을 주장하여 연합국 간에 약속하게 했는데 윤 의사의 의거에 감동한 영향이 크다고 한다.

윤 의사의 사진을 보면 서글서글한 눈매의 잘생긴 얼굴이다. 무엇이 왜 이 선(善)한 얼굴의 청년에게 폭탄을 들게 했을까?

한 사람의 운명에는 몇 번의 중요한 전환점이 있다. 우선 사람의 기본 인성은 유소년기에 만들어진다. 윤 의사의 어머니(경주 金 씨, 이름 元祥)는

---

30) 赤誠(적성) : 마음에서 우러나오는 참된 정성의 뜻.

시집오기 전에 한글은 물론 소학(小學)을 깨우친 당시의 부녀자로서는 상당한 교양을 갖춘 분이었다. 윤 의사가 어렸을 때 사육신의 한 사람인 성삼문과 면암 최익현의 의병 활동 이야기를 들려주었다고 한다. 민영환이나 황현의 유서나 절명시를 가르치기도 했다고 한다. 이런 일들은 어린 윤 의사의 성격 형성에 깊은 인상을 남겼을 것이다.

3.1운동은 윤 의사에게 인생에 있어서 첫 번째 전환점이 된다. 윤 의사는 한 해 전에 열한 살의 나이로 덕산공립보통학교에 입학하여 신학문에 한창 재미를 붙이고 있었는데, 3.1운동의 충격으로 일제의 교육이 조선 사람을 일본인으로 만드는 식민화 교육임을 깨닫게 된다. 이에 학교를 그만두고 다음 해부터 6년 동안 집 가까이 매곡 성주록(梅谷 成周錄) 선생이 운영하는 오치서숙에 다니게 된다. 윤 의사는 사서삼경(四書三經) 등 정통 유학을 공부하였는데, 漢詩(한시)에는 특별한 재능이 있음을 보여주었다. 그 당시 지은 학행(學行)이란 시를 보면 윤 의사의 선비로서의 호방한 기상이 잘 나타나 있다.

不朽聲名士氣明	길이 드리울 그 이름 선비의 기개 맑고
士氣明明萬古淸	선비의 기개 맑고 맑아 만고에 빛나리
萬古淸心都在學	만고에 빛나는 마음 학문에서 우러나며
都在學行不朽聲	그 모두가 학행에 있어 그 이름 스러짐이 없으리

윤 의사는 이 기간에 선비로서의 기개(氣槪)를 닦아 인격을 완성했다고 볼 수 있다. 한편 시대의 흐름에 따라가려고 당시 발행된 『개벽』 등 잡지를

통해 신학문과의 접촉도 게을리하지 않았다고 한다.

　윤 의사의 인생의 두 번째 전환점은 이른바 묘표(墓標) 사건이라 불리는 일이 계기가 된다. 윤 의사에게 어느 날 가까운 공동묘지 쪽에서 한 남자가 한 아름의 묘지에 꽂혀 있던 나무 팻말을 안고 와서 글자를 아느냐고 물었다. 이 남자는 글자를 모르므로 닥치는 대로 남의 산소의 팻말까지 뽑아서 와서 글자를 아는 사람에게 자기 아버지의 것을 찾아 달라고 하는 것이었다. 그 사람 아버지의 것은 어렵지 않게 찾아 주었다. 그러나 그 사람은 팻말을 뽑아 올 때 산소에다가는 아무런 표시를 하지 않았기 때문에 자기 아버지뿐만 아니라 다른 사람들의 산소도 찾지 못하게 됐다. 윤 의사는 이때 충격을 받았다. 무지(無知)는 일제의 강압 통치보다 더 무섭다고 생각했다. 무지 때문에 나라를 잃게 되었다고 생각했다.

　이 무렵 열아홉 살 때 윤 의사는 오치서숙을 나오면서 스승에게서 매헌(梅軒)이란 아호를 받게 된다. 매헌은 스승인 성주록 선생의 호 매곡(梅谷)에서 매(梅)자를 성삼문의 호 매죽헌(梅竹軒)에서 헌(軒)자를 딴 것이다. 매화는 사군자의 으뜸으로 고결한 선비 정신을 상징한다. 성삼문은 윤 의사가 어릴 적부터 흠모하던 조선 선비의 절개를 상징하는 분이다.

　윤 의사는 오치서숙을 나와서 묘표 사건에서 느낀 점이 있어 농촌 계몽운동에 투신한다. 처음에는 문맹을 퇴치하기 위해 야학당을 개설 운영하는 것으로 시작했다. 야학당에서는 한글과 농촌에서 실생활에 필요한 지식을 가르치는 외에 민족정신을 함양하기 위한 교육도 하였다. 농촌 계몽운동은 차츰 발전하여 농업 생산성 향상과 구매조합 운영 등을 통해 농촌의 경제적 자립 달성과 생활환경을 개선하기 위한 활동도 하게 된다. 이를 위해 처음에는 목계농민회를 창립하고, 나중에는 더욱 발전된 월진회란 조직을 만들어 운영하였다. 한편 수암체육회라는 체육 단체까지 만들어 각종 운동을 권장해서 농촌 청년들의 체력을 단련하고 협동심을 키워나 갔다. 윤 의사는 어찌 보면 70년대의 새마을 운동을 이미 그때 한 선구적인 농촌계몽운동가라고 할 수 있다.

아무런 일도 없었으면 윤 의사는 그러한 삶을 계속 살았을지도 모른다. 그러나 일제의 강압적인 식민 정책은 윤 의사를 그대로 내버려 두지 않았다. 마을회관 격인 부흥원 건물 상량식이 있던 날이었다. 야학에 다니던 아이들에게 이솝우화를 각색한 토끼와 여우란 연극을 하게 하였다. 이 연극에서 교활한 여우는 일제를 상징한다고 볼 수 있다. 이 일로 윤 의사는 인근에 있는 덕산 주재소에 불려 가 조사를 받고 경고를 들었는데, 식민지 백성으로 자유롭게 살아가기가 쉽지 않음을 깨닫게 된다.

광주학생운동이 일어나자 윤 의사는 충격을 받고 야학에 다니는 학생들에게도 항일 의식을 불어넣으려고 애썼다. 그러나 그대로 두고 보기만 할 일제가 아니었다. 야학당은 강제 폐쇄되고 윤 의사는 일제의 감시 대상이 되었다. 식민 통치하에서 농촌 계몽운동만으로는 노예적인 삶을 벗어날 수 없음을 절감하게 됐다. 일제에 대한 반감은 굳어졌다. 일제에 굴종하면서 사는 삶은 꼿꼿한 선비 정신을 가진 윤 의사로는 받아들일 수 없는 일이었다.

마침내 윤 의사의 인생에 있어서 세 번째 전환점이 온다. 23세가 되는 1930년 국내에서의 활동은 한계가 있으므로 더 큰 독립운동의 대열에 합류하기 위하여 '丈夫出家生不還(장부출가생불환)' 7자를 남기고 국외로 탈출

한다. 우여곡절 끝에 임시정부가 있는 상해에는 다음 해 5월에 도착한다. 윤 의사는 의거 9일 전인 1932년 4월 20일 김구 주석과 운명적인 만남을 갖고, 자신의 결심을 이야기하고 지도해 달라고 요청한다. 윤 의사는 이 순간을 오래 기다렸었다. 의거 실행이 결정됐을 때 "이제부터 가슴에 한 점 번민이 없어지고 마음이 편해졌습니다. 준비해 주십시오" 하고 김구 주석에게 말했다.

윤 의사의 사진을 한동안 바라보았더니 일자(一字)로 다문 입은 어찌 보면 무념무상(無念無想)의 표정인 듯하기도 하고, 어찌 보면 득도(得道)한 사람이 살짝 웃음을 띠고 있는 만족한 표정 같기도 했다. 윤 의사의 삶을 일관한 것은 그의 아호 매헌梅軒)에 꼭 들어맞는 선비의 지조를 지키기 위한 삶, 그리고 결국 그것을 지켜낸 것이다.

의암 기념관의 거북형 벼루

▲ 거북형 벼루(강원 춘천 의암 류인석기념관)

　춘천시 남면 의암 류인석 유적지 경내에 있는 의암 기념관에 가면 특이한 모양의 벼루를 하나 볼 수 있다. 설명 표지에는 거북형 벼루라고 쓰여 있는데, 전체적인 모양이 몸은 거북이고, 머리는 용머리 형상이다. 용머리는 입안에 여의주를 물고 있고, 뒤쪽으로 두 갈래의 뿔이 있으며, 부리부리한 눈의 시선은 수평보다 약간 위쪽 먼 곳을 내다보고 있다. 지면과 거의 평행하게 앞뒤로 뻗은 4개의 짧은 발은 몸통을 안정적으로 받치고, 몸통의 등 부분이 둥그렇게 파여 있어서 이곳에 먹을 갈게 되어 있다. 굵직한 꼬리는 세로로 붙어 있는데 끈을 맬 수 있도록 가운데에 동그란 구멍도 있다.

이 벼루는 대한 13도의군 도총재였던 의암 류인석 장군이 사용하던 것으로 말년에 중국 요녕성 환인현 팔리전자 마을에서 거처하던 숙소의 중국인 주인 도원훈(都元勳) 씨에게 기념으로 준 것이다[31]. 그것이 다시 며느리인 장국영(張國英) 씨에게 전해졌다가, 우리 쪽에서 의암의 증손자뻘 되는 류연익 씨가 중국을 방문했을 때 넘겨받아 2007년부터 이곳에 전시되고 있다.

이 벼루가 가치가 있는 것은 둥그런 벼루 뚜껑 안쪽에 '守華終身 毅菴甲寅(수화종신 의암갑인)' 여덟 글자가 새겨져 있기 때문이다. '毅菴'은 류인석 장군의 호이고, '甲寅'은 서기 1914년으로 류인석 장군이 돌아가신 전년(前年)이다. '守華終身'은 글자 그대로 몸이 다 할 때까지 華(화)를 지킨다는 뜻이다. '華(화)'란 유교적인 관점에서 물질문명이 아닌, 도덕과 윤리가 살아 있는 문명을 뜻한다. 중국에서 명나라가 멸망한 다음에 우리나라 선비들은 더는 중국은 세계의 중심, 문명국이 아니고, 우리나라만이 그에 대신하는 곳이라고 해서 스스로 小中華(소중화)라고 칭했다. 얼핏 지금의 시각으로 보면 시대에 맞지 않는 듯하지만, 달리 생각하면 그 당시 우리 선비들

---

31) 의암 류인석 백절불굴의 항일투쟁(의암학회, 2009.12.26. 발행), 208쪽

의 자부심을 표현한 말이다.

구한말은 세도정치와 관리들의 부정부패로 백성들의 삶은 어렵고, 외세의 침입으로 매우 혼란스러웠던 시기이다. 이때 어지러운 시류에 휩쓸리지 않고 오로지 '尊華攘夷 衛正斥邪(존화양이 위정척사)'를 부르짖으며, 의리(義理)를 숭상하고, 유교 정신문화의 전통을 지키려고 했던 보수적인 선비들이 있었으니, 바로 화서 이항로 선생을 필두로 하는 화서학파다. 화서학파와 연관된 인재들은 을미사변 이후 의병운동을 주도하였으며, 일제강점기에는 국내외 독립운동에 큰 영향을 끼쳤다. 한 예를 들면 임정 주석을 지낸 백범 김구 선생만 하더라도 젊은 시절에 류인석 장군과 동문인 화서학파 학자 고능선(高能善) 선생의 가르침을 받은 적이 있다. 백범은 항일 운동에 투신하는 결정적 계기가 된 사건인 치하포에서 일본인을 죽이고자 결심할 때 스승의 가르침이 큰 영향을 끼쳤음을 백범일지에서 밝히고 있다.

의암 류인석 장군은 14세인 1855년 화서 이항로 선생의 문하생으로 입문했다. 입문할 당시에 화서 선생은 아직 어린 인석의 인품을 알아보고, 칭찬했으며, '克己復禮(극기복례)'란 글을 써주고, '의암(毅菴)'이란 호도 직접 지어 주었다고 한다. 화서학파의 학맥은 이항로 선생 사후 김평묵 선생, 유중교 선생을 이어, 류인석 장군이 계승했다.

1895년 명성황후 시해사건이 발생하자 의병들은 화서학파의 종장(宗匠)으로서 후학들을 지도하고 있던 의암에게 대장이 되어 지휘해 달라고 요청했다. 처음에는 모친 상중이므로 사양했으나 나라를 구하는 것이 우선이라는 제자들의 간청에 응해 1895년 12월 24일(음) 영월에서 호좌의진 의병대장으로 등단했다. 復讐保形(복수보형 : 국모의 원수를 갚고, 우리의 고유

문화를 지킨다는 의미)의 깃발을 든 호좌의진 의병들은 한때 충주성을 점령하고, 친일 관찰사를 처단하는 등 기세를 떨쳤다.

　그러나 신식무기로 무장한 관군과 일본군의 공격으로 의병 활동이 어려워졌다. 장군은 의병들을 이끌고 관서 지방을 거쳐 중국으로 건너갔다. 그 후 잠시 국내로 들어온 적이 있지만 국내에서 활동은 어려웠으므로 다시 러시아 연해주로 가서 의병 활동을 계속했다. 마침내 1910년 여러 의병 조직의 통합체인 13도의군을 결성하고, 사람들의 추대를 받아 도총재에 취임했다. 말년에는 러시아 측의 압박으로 다시 중국으로 옮겨 지내다가, 1915년 건강이 악화하여 세상을 떠나셨다. 의병 활동에서 시작한 항일무장투쟁은 장군의 사후 독립군으로, 광복군으로 계속 이어졌다.

　장군의 삶을 일관한 주제이자 평생의 좌우명은 '守華終身(수화종신)' 네 글자였다. 장군은 이것을 위해서 갖은 어려움을 무릅쓰고 일제와의 싸움을 계속했던 것이다. 벼루는 옛 선비들이 늘 가까이하는 문방사우(文房四友) 중 하나다. 장군은 선비로서 매일 거북형 벼루 뚜껑에 새겨진 네 글자를 보면서 그때마다 마음을 다잡았을 것이다. 장군의 손때 묻은 벼루를 한참 쳐다보았더니 장군의 모습이 겹쳐 보이는 듯했다.

최초의 여성 의병장 윤희순 의사
일생록(一生錄)을 읽으며

▲ 윤희순 의사와 남편 류제원의 합장묘(춘천 남면)

　윤희순 의사(義士)는 우리나라 최초의 여성 의병장이며, 오랫동안 독립운동 지도자로 활동했던 분이다. 국내에서 의병 활동 15년, 국외인 만주에서 독립활동 25년, 모두 40년간 항일활동을 하였다. 여자로서 이처럼 장기간, 그것도 어떤 단체의 일개 조직원이 아닌 지도자의 직분으로 항일 활동을 오래 하신 분은 찾아보기 힘들다.

윤 의사의 본관은 해주, 친정은 서울이며, 16세 때 남편 항재(恒齋) 유제원과 결혼하면서 시댁이 있는 춘천시 남면 황골마을에 와서 살게 되었다. 윤 의사의 친정아버지 윤익상과 시아버지 유홍석은 모두 위정척사사상(衛正斥邪思想)에 투철하며, 대의명분을 목숨보다도 더 소중하게 여겼던 화서 이항로 학파의 제자들이었다. 이들은 빈한(貧寒)한 생활을 개의치 않고 명분 없는 입신양명을 철저히 배격했다. 어렸을 때부터 이런 분위기에서 성장하고, 이런 집안으로 시집온 것은 윤 의사가 장차 갖은 어려움에도 불구하고 그토록 오랜 기간 항일활동을 하게 된 정신적인 토대가 되었을 것이다.

윤 의사의 일생록은 돌아가시기 얼마 전에 지난 세월을 회상하면서 자손들에게 전하고 싶은 말을 직접 쓴 글이다. 한문이 아닌 한글로 되어 있고, 문장 중에 구어체(口語體)가 많아서 읽다 보면 윤 의사님 말씀을 바로 눈앞에서 듣는듯한 현장감이 느껴진다. 전체 분량은 요즘 책의 쪽수로 환산하면 5쪽 정도로 길지 않지만, 그동안 본인이 겪고, 행했던 항일 활동의 경과와 윤 의사의 심정(心情)이 잘 나타나 있다.

"나의 일생 기록 글을 줄거리만 적어 보노라. 시집을 와보니 시아버님은 홀로 계시고, 한 곳에 살게 되니 근심이었다. 외당 선생께서는 나라가 어지러우니 근심이라고 하시며 나가 사시고 항재께서는 성재께 가서 사시고, 짝을 읽은 두견새 신세가 되다시피 살자하니…" 윤 의사의 일생록은 이렇게 시작한다. 처음 시집왔을 때 시아버지 외당(畏堂)선생은 밖으로 나돌고, 남편은 성재(省齋) 선생에게 공부하러 가서 혼자서 쓸쓸히 집을 지키는 모습이다. 아무 일도 없었으면 윤 의사는 가난한 시골 선비의 아내로서 평생 그러한 평범한 삶을 살았을 것이다.

그러나 시대의 흐름은 윤 의사에게 비껴가지 않았다. 때는 1895년 을미년, 윤 의사는 36세의 중년 부인이었다. 일제는 명성황후 시해 사건을 일으키고 친일 내각이 단발령이 선포하게 압력을 행사했다. 이에 전국의 유림(儒林)은 반발하여 의병을 일으켰다. 일생록에 의하면 하루는 시아버지 외당 유홍석 선생이 며느리인 윤 의사를 부르더니 다음과 같이 말씀하셨다.

"의병 하러 갈 것이니 너는 집안 가사에 힘쓰도록 하라. 전장에 나가 소식이 없더라도 조상을 잘 모시도록 하라. 자손을 잘 길러 후대에 충성되고 훌륭한 자손이 되도록 하라고 하시며 너희들은 이런 일이 없도록 하라. 네가 불쌍하구나" 하셨다. 윤 의사는 눈물이 앞을 가려 볼 수 없었다. 함께 의병 하러 가겠다고 간청했으나 시아버지는 만류했다. 외당 선생은 당시 유교 문화 속에서 부인으로서 마땅히 지켜야 할 도리를 며느리에게 말씀하셨던 것이다.

시아버지가 떠난 후 윤 의사는 산으로 올라가 단(壇)을 쌓고 시아버지가 이기게 해달라고 매일 축원들 드렸다. 열 달이 지난 후에 외당 선생은 무사히 돌아와서 겨우 하룻밤을 자고 다시 출전했다. 며칠 후 동네에 의병들이 몰려와서 밥을 해달라고 해서 도와주었는데, 그날 저녁에 동네 안 사람들을 모아 놓고 우리도 적극적으로 의병들을 돕자고 했다. 처음에는 반대하는 사람도 있었으나, 나중에는 모두 합심해서 의병들이 오기만 하면 잘 도와주었다고 한다. 이렇게 된 것은 윤 의사가 「안사람 의병가」 등을 비롯한 노래를 만들어 열심히 부르게 했기 때문이다. 이때의 일을 일생록에서 윤 의사는 "그중에 고생이 많은 것은 포고문, 경고문, 노래 이러한 것들을 하자니 고생이고, 남정네들이 모르게 하자니 근심이 많았다."라고 적고 있다.

그 당시 얼마나 적극적으로 활동하였는가 하면 같은 마을에 살던 친척 부인이 성재 유중교 선생에게 보낸 편지에 다음과 같은 내용이 있다. "저녁이나 낮이나 밤낮없이 소리를 하는데 부르는 소리가 왜놈들이 들으면 죽을 노랫소리만 하니 걱정이로소이다. 실성한 사람 같더니 이제는 아이들까지 그러하오며, 젊은 청년 새댁까지도 부르고 다니니 걱정이 태산 같다."라고 하였다. '실성한 사람', 즉 미친 사람같이 보일 정도로 열심히 했다는 뜻이다. 한편 군가는 오늘날에도 군인들의 정신 교육을 위해 중요한 역할을 하고 있는데, 그 당시 이미 의병가를 지어 보급함으로써 사람들을 감화시켰다는 것은 대단한 발상이라고 생각된다.

1907년 정미년에 일제는 헤이그 밀사 사건을 계기로 고종을 강제 퇴위시키고 정미 7조약을 체결한 후 구한국 군대를 강제로 해산시켰다. 이에 다시 의병이 일어났는데 이때의 일을 일생록에서 다음과 같이 말하고 있다. "그러나 다시 진병산, 춘천 의암소에서 실패하시고 다시 가정리로 오시어 의기 청년 육백 명과 안사람, 노소 없이 모여 여우내 골짜기서 훈련을 다시 하여 가지고 가평 주길리에서 싸우다가 부상을 입으시고…" 이때는 먼저보다 더 적극적으로 안사람 의병들이 여우내골에서 직접 군사 훈련에 참여한 것을 알 수 있다. 이때 윤 의사는 78명의 안사람으로부터 355냥의 군자금을 거두어 의병을 도왔으며, 탄약과 무기를 제조하는 데도 힘을 보탰다.

1910년 국권피탈을 당하자 시아버지 외당 선생은 오랑캐의 정사(政事)를 받을 수 없다고 죽으려고 하였다. 아들 유제원과 입헌 선생이 말리자 "중국으로 가자"고 했다. 이에 윤 의사는 52세가 되는 다음 해인 1911년 초에 아들 3형제를 데리고 시아버지와 남편의 뒤를 따라 압록강을 건너 만주로 이주했다.

윤 의사의 정말 고생은 만주로 이주한 다음부터다. 말도 제대로 통하지 않는 곳에서 처음에는 식량 문제를 해결하기 위해 황무지를 개척해야만 했다. 먹는 문제가 해결되지 않았지만, 만주에 사는 동포들과 중국인들을 찾아다니며 반일선전 활동을 계속했다. 그 당시 현지에 살던 중국인의 증언에 의하면 윤 의사는 "우리는 나라를 빼앗기고 나라를 되찾기 위해 이곳으로 왔습니다. 우리가 목숨을 내걸고 일제와 싸울 테니 당신들은 우리에게 식량을 좀 지원해 주십시오. 우리를 돕는 것이 당신네 나라를 돕는 것입니다."라고 말하고 다녔다고 한다. 중국인 중에는 윤 의사의 말씀에 감화되어 "어찌 식량과 목숨을 비교할 수 있겠는가?"라고 말하며 도와주는 이들이 많았다고 한다.

윤 의사가 만주에 와서 한 중요한 일은 1912년에 항일독립인재 양성기관인 동창학교 분교 노학당(老學堂)을 스스로 교장이 되어 설립 운영한 것이다. 일제의 압력으로 나중에 문을 닫을 때까지 50명의 항일 독립운동가를 양성했는데, 이후 이들은 만주 각지에서 활약하였다.

이 시기를 전후하여 정신적 지주였던 존경하던 시아버지 유홍석과 의암 유인석 장군 그리고 남편 유제원까지 모두 돌아가셔서 윤 의사는 정신적 충격이 컸다. 윤 의사는 돌아가신 분들의 몫까지 독립운동 지도자로서의 소임을 수행해야만 했다. 유돈상, 유민상 두 아들에게 몇 년 동안 만주와 내몽골, 중국 각지를 다니면서 그동안 흩어져 지내던 유인석과 유홍석의 문인, 친지 등 의병계열 사람들을 규합하게 했다. 그 결과 1920년에 중국

사람들과 공동으로 조선 독립단을 무순에서 결성하였다. 조선 독립단 계열의 사람들은 3.1운동 때는 만주의 여러 곳에서 시위 활동을 일으켰으며, 훗날에는 무장 항일운동에도 참여하여 중국 사람들과 함께 일본군을 직접 공격하기도 했다.

한편 이때쯤 윤 의사는 항일 운동을 하려면 지도자는 군사 지휘 능력이 있어야 하고, 남녀 구분 없이 군사훈련을 철저히 하여 이에 대비해야 한다는 취지로 함께 생활하는 가족과 친척들로 가족부대를 구성했다. 이들은 낮에 밭일하는 한편 어떤 때는 시간을 내어 총 쏘는 연습 등 군사 훈련을 했다.

1934년 일제는 윤 의사의 집을 불시에 습격해서 불태웠다. 일생록에 의하면 이때 윤 의사는 살림살이는 없지만 외당 선생께서 쓰시던 서적과 필적기록, 자손에게 하신 말씀을 적은 기록이 없어지고 신주를 모셔둔 사당도 다 타버리고 하여 사당 탄 것만 생각하고 있었는데 갑자기 아기 울음소리가 들려 불길 속을 뛰어 들어가 방 안에 있던 손자와 손녀를 구해 내었다고 한다. 일생록의 사건 기록은 여기까지이고, 다음 마지막 부분은 후손들에게 하고 싶은 말을 쓴 것으로 보아 이 사건 직후에 쓰인 것 같다.

일생록의 마지막 부분은 "매사는 자신이 알아서 흐르는 시대에 따라 옳은 도리가 무엇인가를 생각하여 살아가길 바란다. 충효 정신을 잊어서는 안 되느니라. 윤 씨 할미가 자손들에게 보내는 말이니라." 로 끝맺음하고 있다. 일생록은 한 여성의 평생을 회고하는 글임에도 불구하고 한 가정의 주부로서 평범한 삶에 관한 이야기는 없다. 의병 활동과 항일독립운동, 그리고 유교적인 윤리에 따라 자손들이 지켜야 할 충효의 도리를 당부하는 내용으로 되어 있어 윤 의사의 면모를 이해할 수 있게 한다.

윤 의사가 76세 때인 1935년 7월 19일 아들 돈상은 일경에 체포되어 모진 고문을 받은 후유증으로 죽었다. 윤 의사는 이로 인한 충격인지 불과 십여 일 후인 8월 1일 돌아가셨다. 돌아가시기 일주일 전인 7월 23일 재종(6촌) 시동생에게 보냈던 편지에 보면 "이 슬픈 마음을 이루 다하오리오. 차라리 내가 죽고 말면 오죽 좋겠습니까... 죽더라도 고향에 가서 죽도록 하여 주사오며..."라고 쓰고 있다. 어머니로서 자식 잃은 슬픔과 고국을 그리는 심정이 나타나 있다.

윤 의사의 묘소는 중국 현지에 있었는데, 1994년에 국내로 봉환되어 선영이 있는 춘천시 남면 관천리에 안장되었었다. 2012년에 의암 유인석 장군 유적지 성역화와 함께 민족정신 함양을 위하여 춘천시 남면 가정2리에 애국지사 묘역을 조성하고 현재는 이곳으로 이전되어 있다. 이곳에 가면 시아버지 유홍석 부부, 윤희순 부부, 아들 유돈상 부부, 손자 유연익 이렇게 4대의 묘가 한 곳에 있다. 을미 의병이 일어난 1895년부터 광복이 되던 1945년까지 50년간 4대가 대를 이어 항일 운동을 한 것은 보기 힘든 귀한 기록이다.

한편 춘천시 남면 발산리 황골 마을에 가면 독립운동가 윤희순 유적지가 있다. 유적지는 윤 의사가 살던 옛 집터와 사용했던 우물이 옛날 그대로 있고, 1982년에 강원대학교에서 건립한 해주 윤 씨 의적비와 안사람 의병노래가 적힌 윤희순 의사 노래비가 전부다. 유적지는 매우 간소한 규모지만 윤 의사 일생록 내용을 알고 가면 소신을 지키기 위하여 고난을 마다하지 않고, 평생 치열한 삶을 살았던 분과 관련된 의미 있는 장소로 떠오를 것이다.

겨레의 스승
한서 남궁억 선생 발자취를 따라

▲ 한서 남궁억 선생 묘(강원 홍천 서면 유리봉 기슭)

7월은 무궁화꽃 피는 계절, 홍천 서면 모곡에 있는 한서 남궁억 기념관을
홀로 찾았다. 그전에 단체관람객의 일원으로 이곳에 왔었으나 그때는 겨

울이어서 꽃을 볼 수 없었고 단체 일정에 맞추느라 전시물을 자세히 살펴볼 시간도 없었었다. 해서 무궁화 꽃피는 계절에 일부러 시간을 내서 이곳에 온 것이다.

이 기념관의 특징은 잘 조성된 무궁화동산이다. 무궁화동산을 돌아보았다. 상당히 넓은 면적이다. 무궁화가 홍단심계, 백단심계, 적단심계, 청단심계, 배달계 등 계통별로 심겨 있어서 다양한 무궁화의 종류를 알게 되었다. 잘 관리되어 있어서 벌레 먹은 나무가 하나도 보이지 않았다, 깨끗한 무궁화가 아름답다는 느낌이 들었다.

마당 한쪽에 '翰西南宮先生神道碑銘(한서남궁선생신도비명)' 이라고 쓰인 커다란 비석이 있었다. 그 전에 여러 사람과 함께 왔을 때는 눈에 띄지도 않았었는데, 오늘은 시간에 거리낌이 없으므로 천천히 비석에 쓰인 글을 전부 읽어 보았다. 비석의 글 내용은 남궁억 선생의 일생을 잘 요약해서 기록해 놓은 것이다. 기념관 내부의 전시물을 관람하기 전에 비석의 글을 먼저 읽어 보는 것이 좋겠다는 생각이 들었다. 기념관으로 들어가면 남궁억 선생이 무궁화를 들고 있는 조각상이 방문객들을 맞이한다. 기념관 내부의 전시물들을 자세히 살펴보았다.

남궁 억 선생은 고종이 즉위하고 흥선대원군이 집권한 해인 1863년 서울에서 태어났다. 대략 20세 이전에는 한학((漢學)을 하다가, 22세 때, 마침 그때 설립된 일종의 영어 통역관 양성소인 동문학(同文學)을 수료하게 됨으로써 새로운 길에 눈을 뜨게 된다. 동문학을 29명 중 최우등으로 수료한 것으로 보아서 수재였던 것 같다. 남궁억 선생의 삶은 관료로서의 삶, 언론인 및 사회단체인 으로서의 삶, 교육자로서의 삶으로 구분해 볼 수 있다.

관료로서의 삶은 동문학을 수료한 후에 잠시 세관에 근무하다가, 24세 때 고종의 어전 통역이 되면서 본격적으로 시작된다. 이때 임금님의 최측근으로서 세상에 대한 안목이 많이 넓어졌을 것 같다. 그 후 궁내부 별군직, 칠곡 부사, 내무부 토목 국장을 역임하고, 잠시 사직했다가 다시 성주 목사, 양양 군수 등을 역임했다. 내무부 토목 국장 시절에는 우리나라 최초의 근대적인 공원인 탑골공원을 만들었다. 양양 군수로 재직할 때는 현산학교를 만들어 신교육을 보급했다. 성주 목사 때는 상관의 부당한 상납 요구를 거절하고 사직하기도 했다. 10여 년 남짓한 선생의 관료 생활은 창의적이고 청렴결백한 청백리의 삶이었다.

언론인 및 사회단체인으로서의 삶은 34세 때 관계(官界)에서 물러나 독립협회 활동을 함으로써 시작된다. 선생은 독립협회의 수석 총무를 역임했으니 사실상 실무를 총괄하는 역할을 했다. 독립신문의 영문판 편집도 주도했다. 당시 영문판은 독립협회 활동을 대외적으로 알리는 역할이었다고 볼 수 있다. 황성신문 초대 사장으로 재임 중인 1900년 8월 8일에는 당시 러시아 공사가 일본 공사에게 조선을 분할하여 나누어 갖자는 제의를 한 사실을 그대로 보도했다가 민감한 국제적 이해관계가 있는 사항을 사실 보도 했다는 이유로 구속되기도 했는데 이것은 우리나라 최초의 필화사건(筆禍事件)이다. 을사늑약 체결 후에는 항일민간 결사 단체인 대한협회를 조직하고 회장으로서 활동하기도 했다. 언론 및 사회단체인으로서 선생은 정의를 위해 날카로운 필봉을 마다하지 않았다.

교육자로서의 삶은 선생의 일생 중 가장 큰 부분이었다. 선생은 대한협회 시절 우리나라 최초의 교육잡지인 『교육월보(敎育月報)』를 창간했다.

그 창간사에서 "나라가 흥하고 망하는 근인(近因)이 어디 있느냐 하면, 그 나라 안에 사는 인민이 지식이 있고 없는 데 있으며, 인민의 지식이 있고 없는 것은 어디 있느냐 하면, 교육이 발달하고 못 되는 데 있나니, 그러한, 즉 교육이라고 하는 것은 나라를 문명케 하고 부강케 하는 큰 기관이라 하리로다." 하여 교육의 중요성을 말했었다.

선생은 일찍이 내무부 토목 국장 시절에는 야간에 민간 사립학교인 흥화 학교에 출강했었다. 양양군수 시절에도 현산 학교에서 학생들을 직접 가르쳤다. 1908년에는 관동학회를 창립하여 강원도 지역 사립학교 설립 운동을 도왔다. 본격적으로 교육사업에 전념한 것은 1910년 국권이 피탈된 다음에 배화 학당 교사로서 8년 동안 봉직하게 된 것이다. 1918년 이후에는 홍천 모곡으로 이전하여 이곳에서 돌아가실 때까지 모곡 학교를 설립하여 교육에 전념했다.

선생은 역사 교육에 깊은 관심을 기울였다. 흥화 학교, 배화 학당에서 우리나라 역사를 가르쳤으며, 나중에 공식적으로 가르칠 수 없게 되자 영문법 시간을 이용하여 몰래 가르치기도 했다. 모곡 학교 시절에는 역사 교육을 위하여 동사략(東史略), 조선 이야기, 조선어 보충을 저술했다. 이 중에서 동사략은 성인용이고, 다른 두 가지는 청소년들을 위해 동화체로 만든 것이었다. 이 책들의 저술 동기는 잘못된 모화주의(慕華主義)를 배척하고, 우수한 민족으로서의 자부심을 느끼도록 하기 위함이었다. 이 책들은 일제하에서 비밀리에 교회, 사립학교 등을 통하여 유포되었다.

선생은 가정 교육을 중요시하여 배화 학당 시절 가정 교육 교과서를 저술하여 여학생들을 직접 가르쳤다. 그 내용을 보면 전통적인 것과 실무적인 것이 두루 포함되어 있다. 한글 붓글씨 교과서를 발간하여 지도함으로써 한글 궁체 붓글씨 필법이 이어지게도 했다. 그 당시 새로운 교과서를 발간한 것은 선구적인 활동으로 생각된다.

선생의 무궁화 운동은 유명하다. 배화 학당 시절에는 우리나라 지도를 무궁화로 수 놓는 수본을 고안하여 여학생들이 수를 놓으면서 자연히 무궁화와 나라를 생각하게끔 하였다. 모곡 학교 시절에는 〈무궁화꽃이 피었습니다〉 놀이를 창안하여 아이들이 즐기게 하였다. 무궁화에 관한 노래를 창작하여 보급하기도 했다. 무궁화 묘포를 장만하여 무궁화 묘목을 보급하기도 했다.

1933년 일제는 무궁화 사건을 일으켜 선생을 체포, 구금하고, 묘포장에 있던 7만 주의 묘목을 뽑아 불살랐다. 이때 선생을 회유하고자 하는 일제에게 선생은 "내 나이가 칠십이오, 다 산 몸인데 생각을 바꾼다면 개가 웃을 일이오. 어서 법대로 하시오." 말했다. 이후 옥중생활의 후유증으로 건강을 잃으시고, 선생은 1939년 4월 5일 "나는 독립을 못 보고 너희는 볼 것이니"라고 말끝을 맺지 못하시고 77세로 영면하시었다.

선생의 호를 딴 한서초등학교 바로 뒤에는 한서 남궁억 묘역이 있다. 계단을 올라 선생의 묘를 참배했다. 묘는 부인과의 합장묘였다. 묘 뒤에 있는 나지막한 봉우리의 이름은 유리봉이다. 선생께서 이 봉우리에 올라 항상 기도하던 곳이라고 해서 올라서 보았다. 꼭대기에는 선생이 기도하시는 모습의 동상과 이곳이 남궁억 선생이 기도하던 장소임을 알리는 비석이 있었다. 선생은 48세의 늦은 나이에 기독교에 입교하여 항상 기도하는 습관을 지녔는데 아마도 기도는 신념을 강화하는 계기가 되었을 것 같다.

모곡에서 가평군 설악면으로 넘는 큰 고개인 널미재로 왔다. 이곳에는 자연석에 '널미재'라고 새긴 표지석과 강원도 홍천군과 경기도 가평군의 경계임을 알리는 도로 표지들이 있다. 이 고개는 옛날 선생께서 서울 나들이를 할 때 넘던 고개이다. 1931년 연희전문 졸업식에서 선생은 다음과 같은 말씀을 하셨다.

"내가 우리 집에서 여러분을 보려고 널미재라는 높은 고개를 넘을 때 무릎이 묻히는 눈길을 걸어오면서 앞서간 사람의 발자국만 따라왔습니다. 개울길에 들어서니 아무리 생각해 보아도 길이 아닌 곳으로 발자국이 났으므로 나는 그 발자국을 따라가지 않고 내가 잘 아는 산길이기 때문에 원 길을 찾아서 생눈을 밟아 가며 발자국을 남겨 놓아 내 뒤에 오는 사람들이 내 발자국을 따라오도록 했습니다" 바른길을 가자는 선생의 말씀, 선생은 평생 바른길만 가셨다. 선생은 겨레의 스승이시다.

지청천 장군과 대전자령 전투

▲ 지청천 장군 묘(서울 국립서울현충원 임시정부 요인 묘역)

광복군 총사령 지청천(池靑天) 장군. 그의 이름은 원래 지석규(池錫奎) 였는데 일제강점기 동안은 이름은 청천(靑天)으로, 성(姓)은 어머니의 성인 이(李) 씨를 따서 이청천(李靑天)으로 바꾸었다. 이름을 바꾼다는 것은 언제나 상당한 이유가 있다. 우선 당시 해외에서 독립운동하는 분들은 국내에 있는 가족의 안위(安危)를 생각해서 흔히 가명을 사용했다고 한다. 다른 중요한 뜻은 장군이 압록강을 건널 때 파란 하늘을 보고 앞으로 독립운동에 맹진할 것을 다짐하는 의미에서 각오를 새롭게 하기 위해서였다고 한다. 조국이 광복된 후에는 이미 굳어진 청천이란 이름은 그대로 사용하고, 성은 원래 성인 지(池) 씨를 찾아 지청천으로 이름을 사용했다.

나는 장군을 생각하면 '광복군의 아버지', '독립군의 아버지'라는 호칭으로 부르고 싶다. 장군은 광복군을 창설하기도 했지만, 어떤 독립운동가들보다도 많은 수의 독립군을 오랜 기간에 걸쳐 양성했기 때문이다.

장군의 여러 전투 중에서도 대전자령 전투는 의미가 큰 전투다. 대전자령(大甸子嶺) 전투는 독립군 3대 대첩으로 손꼽히고 있다. 다른 3대 대첩인 봉오동 전투와 청산리 전투에 관해서는 학교에서 국사 시간에도 들었고, 책에서도 많이 다뤘고, 영화로도 제작되어 많은 사람이 알고 있다. 지청천 장군이 지휘한 대전자령 전투는 일본군 1개 연대 규모의 병력을 격멸하고, 막대한 양의 군수물자를 노획한 큰 전투였는데 의외로 사람들이 잘 모르고 있는 거 같다.

1930년대 초엽, 일본은 현재 중국 동북 지역에 일본의 꼭두각시인 괴뢰 정부 만주국을 세웠다. 그때 그곳에는 만주국과 일본에 반대하는 반만항일(反滿抗日)의 중국 의용군이 도처에 있었으며, 지청천 장군의 한국 독립군도 활동하고 있었다. 당시 이들의 진압 임무를 맡은 부대는 일본 관동군이었는데, 일본은 이를 증원하기 위해 당시 조선 함경도 지역에 있던 일본군 19사단 예하 여러 부대에서 병력을 차출, 1개 연대 전투단 규모의 간도 파견군을 구성하여 보냈다. 1933년 6월, 일본은 간도 파견군이 항일무장 세력을 토벌하는 목적을 어느 정도 달성했다고 판단하여 이들을 조선으로 복귀시키려고 했다. 이 정보는 바로 한국 독립군도 알게 됐고, 중국군과 연합하여 이를 치기로 했다.

현재 조선족 자치주 왕청현(汪淸縣) 나자구(羅子構) 지역에 주둔하던 간도 파견대가 복귀하는 길은 두 가지인데 하나는 길은 좁고 험한 산속을 통과하나 거리가 가까운 길이고 다른 하나는 길은 넓고 양호 하나 거리가 먼 길이었다. 지청천 장군은 적(敵)이 전자의 길을 선택할 것으로 예상하고 통과 예정 지점인 대전자령[32]에 대부분의 병력을 배치하기로 하는 한편, 일부 병력은 넓은 길 쪽으로 보내어 만약의 경우에는 적의 후미를 치기로 했다.

한중연합군은 3일간 100km 이상을 적이 모르게 은밀히 행군하여 대전자령 북쪽에 있는 노모저하(老母猪河)에 6월 28일경 도착했다. 이곳에서 마을 주민들로부터 일본군이 대전자령을 넘을 것이라는 보다 확실한 정보를 얻고 병력을 배치했다. 이때 참가한 병력은 중국군이 2,000명, 한국 독립군이 500명 정도였는데, 한국 독립군을 주공으로서 더 중요한 지점에 배치하였다. 이때 장군은 예하 장병들에게 다음과 같이 훈시했다고 한다.

"이번 전투는 이천만 대한(大韓) 인민을 위하여 원한의 복수를 하는 공격이다. 총탄 한 발 한 발이 우리 조상의 수천, 수만의 영혼이 보우(保佑)하여 주는 피의 사자이니 제군은 환배검(桓倍儉)의 자손들로 굳세게 모든 것을

---

32) 태평령(太平嶺)이라고도 한다.

희생하고 만대 자손을 위하여 용감하게 싸우도록 하라."

예상 적 통과일이 7월 1일인데 적이 나타나지 않았다. 그날 아침 폭우가 쏟아져서 일본군의 출발이 3일 동안 연기되었다. 한국 독립군은 빗물에 몸이 젖고, 준비된 마른 식량도 떨어져서 견디기 힘들었다. 장군은 간부들을 데리고 참호를 돌아다니며 병사들을 격려하여 용기와 인내심을 북돋아 주었다고 한다.

마침내 7월 3일 일본군은 전초부대를 앞세우고, 수많은 보급품을 실은 자동차와 우마차와 함께 대전자령 한중연합군 매복지역으로 들어왔다. 원래는 일본군이 완전히 들어온 다음에 총공격하기로 했으나 후미가 약간 덜 들어온 상태에서 중국군이 발포하기 시작하여 한국 독립군도 일제히 총공격을 감행했다. 바위를 굴러 내리고, 소총과 기관총을 맹렬히 사격하였다. 거의 일방적인 완전한 공격이었다. 약 5시간의 전투에서 항일군 토벌부대로 악명을 떨치던 일본군 간도 파견대는 섬멸되었다. 어느 정도냐 하면 여러 부대의 혼성부대인 간도 파견대 병력 중에는 함경북도 회령에 있던 부대에서 약 1개 대대 이상의 병력이 참가했었는데 나중에 회령에 무사히 귀환한 일본군은 불과 27명이었다고 한다. 전투 후에 막대한 양의 노획품도 수습하였다. 소총 만해도 1,500정, 군복이 3,000벌, 각종 보급품을 실은 우마차가 200량이었다고 한다.

지청천 장군은 본래 대한제국 육군무관학교 생도였다. 일제의 압력으로 이 학교가 폐교되자 일본 육군사관학교로 유학하게 된다. 일본 육사 재학 중에 경술국치(庚戌國恥)를 당하자 한국 유학생 중에는 조국이 없어진 마당에 중도 포기하고 귀국할 것인가? 공부를 계속할 것인가? 심지어 자결하자는 의견도 있었다고 한다. 장군은 그때 연장자로서 이왕 군사학을 배우러 온 것이니 배울 것은 다 배우고, 중위가 되는 날 조국 광복을 위하여 궐기하자고 설득해서 다 같이 맹세[33] 했다고 한다.

삼일운동이 발생한 것이 계기가 되어 장군은 일본군에서 탈출한다. 최신 군사학 서적과 군용지도를 가지고 만주에 있는 신흥무관학교로 갔다. 그곳에서 생도들을 가르치는 교관과 통솔하는 교성대장(教成隊長)으로서 독립군을 양성하는 첫걸음을 내디뎠다. 당시 군사학을 정식으로 배운 일본 육사 출신의 장교가 와서 가르친다는 소문이 자자해서 생도들이 구름같이 모여들었다고 한다.

신흥무관학교 이후에 장군은 서로군정서, 고려혁명군관학교, 정의부 등에서, 때로는 생명의 위협을 받으면서도 독립군 양성을 계속했다. 대전자령 전투 때는 1930년에 결성된 한국독립당 산하 한국 독립군의 총사령관으로서 그전에 쌍성보 전투, 경박호 전투, 사도하자 전투, 동경성 전투 등을 통하여 한창 활발하게 활동하고 있을 때였다.

대전자령 전투 이후 임시정부 김구 주석은 중화민국 총통 장개석과 합의하여 낙양군관학교에 한인훈련반을 설치하기로 합의하고 지청천 장군을 그 책임자로 초청한다. 이 일을 계기로 장군은 대전자령 전투에 참여했던 독립군들을 데리고 중국 내부로 들어오게 된다. 나중에 임시정부의 정규군대인 광복군을 창설할 때 대전자령 전투에 참여한 한국 독립군의 주요 간부들은 한국광복군의 뿌리가 된다. 이렇게 하여 만주에서 활동했던 독

---

33) 소위 "아오야마의 맹세"라 한다.

립군의 맥은 광복군으로 그대로 이어졌다.

　서울 용산에 있는 전쟁기념관에 가면 지청천 장군의 일기와 장군의 딸이며, 광복군 첫 여성 대원 중 한 분인 지복영 여사의 일기가 전시되어 있다. 한 가지 아쉬운 것은 봉오동전투와 청산리 전투에 관한 전시물은 있는데 같은 3대 대첩인 대전자령 전투를 소개하는 전시물이 없는 점이다. 적당한 기회에 이점이 보완되었으면 싶다. 한편 장군의 묘소는 서울 동작구에 있는 국립서울현충원의 임시정부 요인 묘역에 부인 윤용자 여사와 함께 합장되어 있다. 서울 현충원을 방문하면 '독립군의 아버지, 광복군의 아버지' 묘소를 찾아뵙는 것도 의미가 있을 것이다.

아! 6.25

6.25 첫 번째 순교자
고 안토니오 신부님 이야기

▲ 고 안토니오 신부 순교 기념 교육관(춘천 소양로성당 내)

6.25 전쟁 첫 번째 순교자인 신부님을 기리고 있는 성당. 6월 중순 춘천 역사문화연구회의 지역문화 탐방 프로그램에 동참하여 춘천 소양로 성당

에 들렀는데 뜻밖에 사실을 알게 됐다. 들어가면서 정문 왼쪽 기둥에 '고 안토니오 신부 순교기념성당'이라고 쓰인 표찰이 보였다. 예사롭지 않은 사연을 간직하고 있는 곳임을 짐작하게 했다. 성당 건물은 작은데 모양이 특이했다. 짙은 갈색의 반원형 지붕, 둥그스름하게 둘러싼 하얀 벽, 한눈에 몽골의 파오 천막을 연상시키는 모습이다. 이 성당 건물은 지을 때부터 전쟁 중에 있었던 숭고한 순교를 기리기 위한 성당으로 지었다고 하는데, 그 독특한 구조로 인해 현재 문화재청에 등록된 등록 문화재라고 한다.

성당 본당 건물과 별도로 눈에 띄는 건물이 있다. 건물 전면 외벽 윗부분에 커다란 글씨로 '고 안토니오 신부 순교 기념 교육관'이라고 쓰여 있다. 그 아래에는 왼쪽부터 오른쪽까지 6개의 검은 판에 흰 글씨로 고 안토니오 신부님의 약력과 전쟁이 일어나서 순교하기까지의 과정이 설명되어 있다. 설명 가운데 부분에는 커다란 신부님의 초상이 있어 두드러진다.

신부님은 머나먼 아일랜드 사람이다. 전쟁이 나던 해 1월에 소양로 성당에 초대 주임 신부로 부임했는데 그때 나이가 37세, 젊은이였다. 본명은 앤서니 콜리어(Anthony Collier) 이고 '안토니오'는 한국명이다.

1950년 6월 25일 신부님은 38선에서 대규모 전쟁이 일어난 것을 알았다. 6월 26일 가까운 곳에 있는 주교좌 성당인 죽림동 성당을 방문했을 때 어떤 미군 장교가 신부님들에게 자신과 함께 춘천을 떠나자고 했으나 이에 응하지 않고 자신의 본당으로 돌아와 성당을 지켰다. 6월 27일 오후 신부님은 젊은 교리교사 김 가브리엘과 함께 죽림동 성당으로 가기 위해 길을 나섰다. 가는 도중에 우체국 앞에 많은 수의 북한군이 주둔하고 있었고 한 병사가 쫓아와서 신부님에게 누구냐고 물었다. 신부님은 천주교 신앙을 전파하기 위해 한국에 온 사제라고 말했다. 병사가 미국인이냐고 물었고 신부님은 아일랜드인이라고 대답했다. 곧 북한군 장교가 와서 병사가 했던 것과 똑같은 질문을 했다. 신부님은 먼저와 똑같이 답하였다. 그러자 장교는 신부님의 소지품 검사를 하고 시계와 묵주와 돈 그 밖에 개인 소지품을 압수하고 한국에서의 임무가 무엇인지 사실대로 말하지 않으면 총살하겠다고 위협했다. 신부님은 자신은 가톨릭 신부이고 오로지 성당 일만 할 뿐 다른 일은 없다고 했다. 교리교사 김 가브리엘도 자기 일은 신부님을 돕는 것이며 어떤 정치활동에도 관여한 적이 없다고 했다.

장교는 이들의 답변에 만족하지 못했다. 두 사람의 손을 뒤로 묶고 서로 연결하게 한 다음에 강 쪽으로 걸어가도록 했다. 장교는 십여 분을 걸은 후에 다시 물었다. 이 도시에서 그들의 직위를 이용해서 특별한 정치적, 군사적 활동을 한 것을 사실대로 말하면 살려주겠다고 했다. 그러나 성직자로서 먼저와 같이 똑같이 말할 수밖에 없었다. 장교는 그들을 앞서 걷게 한 다음 몇 발짝 지나지 않아 병사에게 총을 쏘게 했다. 먼저 신부님에게 두 발을 쏘았다. 신부님은 쓰러지면서 교리교사를 자기 쪽으로 끌어당겼다. 세 번째, 네 번째 총알은 교리교사가 맞았다. 마지막으로 한발을 신부님에게 더 쏜 다음에 그들은 두 사람이 죽은 것으로 생각하여 가버렸다.

신부님은 죽어가면서도 자기 몸을 교리교사를 보호하기 위한 방패로 삼았다. 그 덕분인지 교리교사는 상처가 깊지 않았던 것 같다. 교리교사 김 가브리엘은 어깨와 목에 총을 맞았지만 의식을 잃지 않았다. 죽은 신부 옆에 하루 낮과 하룻밤을 누워있으면서 두 사람을 묶고 있는 밧줄을 어렵게 풀었다. 근처에 있는 빈집으로 숨어들어 상처를 싸매고 구두 대신 고무신으로 갈아 신고 피 묻은 셔츠 위에 낡은 외투를 걸치고 힘들게 언덕을 기어 올라 탈출했다. 약 열흘 후에 김 가브리엘은 춘천 천주교회 신도회장인 아버지에게 신부님의 죽음에 대해서 말했고 이 이야기는 전해질 수 있었다.

전쟁이 끝난 후 춘천교구 토마스 주교는 후임 사제 부 야고보 신부로 하여금 고 안토니오 신부의 숭고한 순교를 기리는 성당 건축을 하도록 하여, 소양로 성당은 1956년 9월에 축성식을 하였다. 2008년에는 고 안토니오 신부님의 살신성인 순교 정신을 기리기 위해 소양로 성당을 '살신성인(殺身成仁) 기념성당'으로 지정하는 표지석을 세웠다. 소양로 성당 공동체는 매년 고 안토니오 신부님이 순교한 날에 미사 봉헌과 '춘천교구 시복시성 기도문'을 바치고 있다고 한다.

6.25 전쟁은 많은 이들에게 고초를 겪게 했다. 성직자들은 다른 사람들보다도 예외가 될 수 없었을 것이다. 공산주의는 그 본질상 종교를 허용할 수 없기 때문이다. 그때 수난을 당한 많은 종교인 중에도 그 첫 번째 순교가 이곳에서 있었고, 순교한 이가 머나먼 외국에서 선교활동을 위해 우리나라에 온 이방인 신부였던 점을 생각하면 마음이 아리다.

춘천 내평전투 호국경찰 추모상

▲ 춘천 내평전투 호국경찰 추모상(강원 춘천)

    아군과 적군의 비율이 15명 대 3,000명인 전투, 6.25 전쟁 때 그런 전투가 있었다. 도저히 승산이 없는 전투, 그러나 그때 그곳에 있던 아군은 마지막 순간까지 치열하게 싸웠다.

    6.25 전쟁 때 춘천 대첩은 6.25 3대 전승의 하나로 손꼽히는 중요한 전투다. 북한군은 당초 제1군단은 서울을 공격하고, 제2군단은 춘천을 침공한 당일 점령한 다음에 홍천을 경유. 한강 남쪽 수원지역으로 신속히 기동하

여, 한강 북쪽에 있는 국군 주력을 포위 섬멸하는 계획을 세우고 있었다. 그러나 북한군은 춘천 점령에 3일 이상을 허비함으로써 이 계획은 물거품이 되었다. 춘천 전투는 결국 아군이 후퇴하였지만 북한군의 초기 의도를 깨부수어 그 영향력이 막대하므로 성공한 전투로 간주한다. 내평 전투는 춘천 방어 전투의 일부분으로 군인도 아닌 경찰 등 15명[34]이 북한군 1개 연대 병력과 1시간 이상을 치열하게 싸운 전투다. 결국 장렬하게 전사하였지만 북한군의 전진을 상당 시간 지연시켰다. 이 방면을 담당했던 국군 6사단 2연대 제2대대가 무사히 철수하여 소양강 방어선 원진 나루 부근에 병력을 배치할 시간을 벌어주었다. 결과적으로 그 숭고한 희생은 춘천 방어 전투 승리의 초석(礎石)이 되었다.

1950년 6월 25일 춘천 내평 지서장 노종해 경위(전사 후 경감 추서) 등 경찰 12명과 북산면 대한청년단원 3명은 내평 지서를 지키고 있었다. 내평리는 당시 46번 도로가 지나는 마을로, 양구지역에서 춘천 시내로 진입하려면 반드시 거쳐야만 하는 곳이었다. 이들이 지키고 있는 내평 지서는 도로변 약간 높은 곳에 참호를 파고 모래주머니를 쌓아 올려 대비하고 있었다. 무기라고는 소총밖에 없는 빈약한 수준이었다. 이에 비하여 북한군은 기관총과 박격포까지 장비한 정규군이었다. 이곳을 침공한 병력은 북한군 2사단 제4연대였다. 15명의 아군과 1개 연대 병력의 적군과의 전투, 얼핏 보기에도 상대가 되지 않는 전투다. 당시 경찰은 강원도 '비상 경비사령부'를 구성하고, 각 지서에는 "현 위치를 사수하라"는 명령을 내려보냈다. 이 명

---

34) 자료에 따라 11명, 12명, 15명으로 되어 있으나 2014.5.30.(금) 국가보훈처 보도자료 〈6월의 6.25전쟁 영웅 노종해 경감〉에 의해 15명으로 함.

령에 따라서 노종해 경감 등은 죽음을 각오하고 맹렬히 싸웠다. 통신망은 끊어져서 연락도 할 수 없는 상태였다, 소규모의 경찰지서라 만만히 보던 적은 이곳을 쉽게 통과하지 못했다. 치열한 총격전을 벌여 20여 명 이상의 북한군을 사살했다. 전투는 1시간 이상 계속됐다. 적은 마침내 참지 못하고 82mm 박격포를 동원하여 포격함으로써 지서를 폭파했다. 북한군은 노종해 경감 등 11명[35]이 장렬한 전사한 다음에야 이곳을 통과할 수 있었다.

노종해 경감은 황해도 안악 출신으로 그때 지서장으로 부임한 지 석 달밖에 되지 않았다고 한다. 가족으로는 이화학당 출신의 재원(才媛)인 부인과 다섯 살짜리 딸과, 두 살짜리 딸이 있었다. 부인은 노종해 경감이 전사한 후에 제천까지 피난 갔다가 1.4후퇴 이후에 전세가 안정된 다음에 춘천으로 돌아왔다. 북한군은 노종해 경감 등의 시신을 전부 한 구덩이에 대충 묻었는데, 나중에 당시 청년단원이며, 내평 전투의 증언자인 송종열 씨가 이를 발굴하여 내평초등학교 옆 소나무 숲에 옮겨 모서 두었다. 그 후 1967년 국립현충원에 유해를 안장했다. 노종해 경감의 부인은 나중에 전몰군경미망인회 회장을 지내기도 했으나 남편도 없이 홀로 두 자녀를 키우느라 고생하였을 것을 생각하면 마음이 아리다.

내평 전투는 오랫동안 잊혀 있다가, '강원 6.25 참전 경찰국가유공자회' 회장이었던 퇴직 경찰 김길성 씨의 노력으로 점차 세상에 알려지게 되었다. 국가보훈처는 2014년 노종해 경감을 6월의 6.25전쟁 영웅으로 선정하였으며 충무무공훈장을 추서하였다. 2019년 전쟁기념관도 5월의 호국 인

---

35) 자료에 따라서 전사자 숫자가 11명, 12명으로 되어 있으나 〈춘천 내평 전투 호국 경찰 추모비〉의 전사자 명단에 의해 11명으로 함.

물로 선정하고 현양 행사를 했다. 2015년에는 소양강댐 아래 시민의 숲에 '춘천내평 전투 호국 경찰 추모상'이 조성되었다. 2016년 이후 춘천시는 매년 6월 24일 시민의 숲에서 '춘천내평 전투 호국영웅 추념제'를 실시해 오고 있다.

내평 전투가 있었던 내평리는 1973년 소양강댐 준공으로 수몰 지역이 되었으므로 이 방향을 바라볼 수 있는 소양강댐 아래 〈시민의 숲〉에 '추모상'을 조성한 것이다. 이곳은 소양강 댐 올라가기 전에 넓은 주차장이 있는 곳이다. 추모상 가운데에 왼손에 M1 카빈 소총을 들고, 오른손은 검지를 펴서 목표물을 지시하는 듯한 모습의 노종해 경감의 동상이 있다. 동상 아래 대석(臺石)에는 '춘천내평전투 호국경찰추모상'이라 글씨를 새겼다. 동상 왼쪽과 오른쪽에는 각각 내평 전투의 모습을 실감 나게 부조(浮彫)로 새겨 놓았다. 북한군이 82mm 박격포를 동원한 모습까지 부조에 있는 것을 보면 꽤 사실을 고증하여 제작한 것 같다. 부조 아랫부분에는 이 전투에서 전사한 11명의 계급과 이름, 생년월일이 새겨져 있다. 동상 뒷면에는 건립취지문, 호국 경찰 노종해 경감 약력, '존귀한 별, 민족의 그 불꽃'이란 제목의 엄창섭 시인의 추도문이 있다.

소양강댐은 많은 시민이 방문하는 곳이다. 소양강댐을 방문하면 이곳에도 들러서 그날의 호국영웅들의 활약을 상상하고, 죽음을 각오하고 싸워야 했던 영웅들의 심정(心情)을 한 번쯤 생각해보자.

한강 방어선 전투 6일간의
기적을 이룬 김홍일 장군

▲ 김홍일 장군 묘(국립서울현충원 국가유공자 제3묘역)

전쟁은 기적을 낳는다. 6.25 전쟁 때 국군이 한강 방어선에서 6일 동안이
나 버티어 낸 것은 기적으로 손꼽힌다. 그때 국군은 38선에서부터 압도적
인 북한군에 밀려 서울을 3일 만에 내주었다. 한강의 교량들이 너무 일찍
폭파되는 바람에 대부분의 중화기를 버려둔 채 소총 정도만 가지고 몸만

빠져나왔다. 거의 와해 직전이었다. 이때 이들을 수습하여 기적을 이룬 이가 있으니 김홍일 장군이다.

장군은 누구인가? 장군은 일찍이 민족정신이 투철한 인재 양성을 목적으로 설립한 평북 정주에 있던 오산 학교를 수석으로 졸업했다. 그리고 잠시 황해도 신천에 있는 경신학교에서 교사 생활을 하였는데 일제의 탄압으로 국내에서 계속 있을 수 없는 형편이 되었다. 장군은 중국으로 건너가서 귀주 육군강무학교[36], 육군실시학교[37]를 졸업하고 중국군 장교가 되었다. 이후 본격적으로 독립운동에 참여하고자 상해 임시정부를 찾았다. 이것이 계기가 되어 대한독립군비단, 대한의용군 등 독립군 부대의 중대장, 대대장으로서 만주와 연해주 지역에서 일제와 싸웠다. 나중에 이 지역에서의 활동이 어려워지자 장군은 일제와 싸우기 위한 다른 방법으로 중국 국민혁명군에 복귀하였다.

중국군 대령으로 상해 병기창 주임으로 근무할 때 그 유명한 이봉창, 윤봉길 의사 의거가 발생했다. 장군은 그때 김구 주석의 부탁으로 두 의사가 사용할 폭탄을 제작하여 제공하는 중요한 역할을 했다. 중일전쟁이 발발하자 장군은 국민 혁명군의 사단급 또는 군단급 부대의 참모 또는 지휘관으로서 병력을 지휘하여 일본군과 싸웠다. 그리고 장군으로 진급하고 육군대학에도 입학하여 고급 군사 전술 · 전략을 익히는 기회도 가졌다. 1945년 5월에는 오랫동안의 중국군 생활을 마치고 광복군 참모장으로 취임했는데, 8월에 광복을 맞이하였다. 해방 후에 장군은 다시 중국군으

---

36) 장교가 되기 위한 기본 과정
37) 병과별 교육기관, 장군은 산포병(山砲兵) 교육을 받았다.

로 복귀하여 중국 동북 지역으로 가서 한국 교민 보호 사업에 종사하다가 1948년에 대한민국 정부가 수립된 다음에 귀국하였다.

1950년 6월 28일 서울이 북한군에 점령된 날 장군은 시흥지구 전투사령관으로서 임명되어 한강선 방어 전투를 지휘하게 되었다. 사기가 왕성한 군대를 지휘하는 것은 웬만한 지휘관은 다 할 수 있는 일이지만, 사기가 땅에 떨어진 군대를 지휘하는 것은 아무나 할 수 있는 일이 아닐 것이다. 장군도 가장 먼저 이 점을 생각한 것 같다. 사령관으로 임명받자 전속 부관에게 우선 군복 정복을 깔끔하게 다림질해서 가져오게 하여 입었다고 한다. 고급 지휘관으로서 위기 상황에서도 장병들에게 흔들림 없는 의연한 모습을 보여주기 위해 본인의 용모부터 가다듬은 것 같다. 급식 시설을 곳곳에 급히 설치하고 '군인취사장'이라는 안내판을 크게 써 붙였다. 삼삼오오 남하하는 장병들을 무조건 친절하게 취사장으로 안내하여 우선 배고프지 않게 먹이도록 하였다. 때마침 알려진 미군 참전 사실을 알리기 위해 '미군 참전' 글씨를 적은 현수막을 내어 걸게 하여 장병들에게 우군이 있다는 믿음을 주었다. 장병들의 사기는 살아났다.

병력이 30명, 60명, 100명, 일정 인원 수습되면 병력 규모에 맞게 임시로 지휘관을 임명하고 한강선으로 보내어 방어에 임하게 했다. 오늘날 양화교에서 광진교에 이르는 24km 구간에 급히 혼성 수도사단, 혼성 2, 3, 7사단 등 임시 편성한 부대들을 배치했다. 사단이라고는 하지만 실제 병력은 연대 병력에 못 미치는 정도였다고 한다. 장군은 중요 지점을 방문하여 장병들을 격려하고 작전을 지도했다. 장병들은 열악한 조건임에도 불구하고 목숨을 바쳐 열심히 싸웠다. 애초에 3일만 버티면 성공이라 했는데 6월 28

일부터 7월 3일까지 6일간을 버티었다.

한강선 방어 전투 기간을 통하여 국군은 흩어진 병력을 수습하고, 미국 지상군이 참전할 수 있는 귀중한 시간을 벌었다. 오늘날 전사가(戰史家) 중 많은 이는 북한군이 6·25 때 실패한 가장 큰 원인은 한강선을 조기에 돌파하지 못한 것을 들고 있다. 만약에 북한군이 서울을 점령하고 바로 한강을 건너 대전까지 일거에 밀어붙였으면 전쟁의 양상은 또 달랐으리라.

한강선 방어 전투의 중심에는 김홍일 장군이 있다. 그때 국군 장교 중에서 사단, 군단급 이상 대부대 작전을 실제 경험해 보았으며, 장교들에게 전술학 강의를 할 수 있는 사람은 장군이 유일했다고 한다. 그때 바람 앞의 등불 같은 나라의 운명, 그 순간에 때맞춰 장군이 한강 방어선 전투의 책임자가 된 것은 실로 우리나라에 천운이 남아 있었다고 하겠다. 그 당시 함께했던 노병은 "한강 일대를 방어하고 있는 그 전투 사령관으로서의 위품, 참 당당하고 아무런 흔들림 없이 전투지휘 하는 것을 제가 직접 봤습니다." 증언하고 있다.

장군은 평소 아들한테 "누구를 상대하든, 아랫사람이든 윗사람이든, 상관 말고 존중하는 것이 중요하다. 그리고 돈을 탐하지 마라. 적당히 먹고 살 수 있으면 된다. 이 두 가지를 지켜야 한다."라고 얘기 했다고 한다. 장군의 다른 사람을 배려하는 마음과 청렴결백한 기품을 보여주는 말씀이라 하겠다.

서울 동작구에 노들나루 공원이 있다. 이곳에는 「한강 방어선 전투 전사자 명비」가 있다. 명비(名碑) 앞에는 커다란 '6' 자 모양인데 아래는 태극 형상인 조형물이 먼저 눈에 띈다. 명비에는 전투 개요, 전투 경과와 함께

1,000여 명의 한강 방어선 전투에서 전사한 장병들의 이름이 새겨져 있다. 전사자가 그렇게 많다는 것은 전투가 그만큼 치열했다는 것을 의미한다고 하겠다. 그들은 모두 어느 부모님의 소중한 아들들이었으리라. 명비 뒷면에는 당시 시흥지구전투사령부 편성표와 편성부대, 사령관 김홍일 장군의 이름이 있다. 명비 앞에서 나는 두 손 모아 전사한 영령들과 장군에게 묵념하고 돌아 나왔다.

▲ 한강 방어선 전사자 명비(서울 동작구 노들나루 공원)

한국전쟁의 전환점 지평리 전투

▲ 지평리 전투 전적비(가운데 위)와 충혼비(경기 양평)

지평리 전투는 6 · 25전쟁의 중요한 전환점이 되는 전투다. 인천상륙작전 이후 유엔군은 한동안 승승장구, 한만(韓滿) 국경까지 진출했다. 그러나 중공군이 개입한 이래 유엔군은 연이은 후퇴의 연속, 드디어 1.4후퇴로 서울까지 또다시 적에게 내주어야 했다. 유엔군 장병들은 패배 의식에 젖어 중공군에 대한 두려움이 만연했다. 미군 합참에서는 한반도 철수까지 검토하고 있었다. 유엔군 사기는 최악의 상태였다.

이때 지상군 총사령관인 미8군 사령관으로 임명됐던 리지웨이 장군은 장병들의 사기를 회복하고 전황을 타개하기 위해서 무언가 해야 했다. 그동안 있었던 중공군의 전술을 연구하여 그들의 상투적인 공격 방법과 약점을 알아냈다. 이제까지의 중공군의 전술은 소수부대로 유엔군의 화력과 주의력을 유인하고, 주력은 우회하여 유엔군을 포위했다. 유엔군이 탄약이 소모되어 철수하면 미리 침투해 있던 부대가 후퇴하는 유엔군을 공격했다. 유엔군은 매번 이런 중공군의 공격에 패퇴했었다. 그러나 중공군도 약점이 있었으니 별도의 보급 수단이 없이 식량과 탄약을 병사 개개인이 한번에 휴대할 수 있는 양에만 의존하여 공세가 1주일 이상 지속되지 못하였다. 한편 한번 대규모 공세를 하였으면 보급 및 재정비 관계로 1개월이 지나야지만 다음 공세를 할 수 있었다.

리지웨이 장군은 적의 약점을 이용하여 적에게 괴멸적인 타격을 가함으로써 장병들의 사기를 회복하고 상황을 반전시키고자 하였다. 그래서 선택한 지역이 지평리였다. 지평리는 중앙선 철도가 지나며, 도로가 사통팔달인 요지(要地)였다. 서쪽으로는 양수리를 통해 서울지역에 큰 영향을 미칠 수 있으며 동쪽으로는 홍천을 통해 중부 전선의 축인 춘천과도 통할 수 있는 곳이었다. 피차간에 반드시 탈취해야 할 지역이었다.

이 전투는 1951년 2월 13일부터 16일까지 있었다. 유엔군은 지평리에 미군 제23연대를 주축으로 프랑스대대, 포병대대, 전차 중대, 공병 중대, 대공 자동화기 중대 등으로 증강한 약 5,600여 병력의 연대 전투단을 이미 배치하고 있었다. 연대장 프리먼 대령은 중공군에게 포위될 것을 가정하여 지평리 마을을 중심으로 직경 약 1.6km의 원형진지를 편성했다. 포위되어도 끝까지 진지를 지킬 각오를 하고 있었다.

중공군 총사령관 펑더화이는 12일 08시에 지평리에 있는 유엔군을 섬멸하라는 명령을 예하 부대에 하달했다. 이에 따라 중공군 부대들은 12일 하루 동안 사전 준비 작업으로 지평리 후방으로 침투하여 유엔군을 겹겹이 포위했다. 지평리에 대한 1차 공격은 2월 13일 오후 5시 30분에 시작되어 그다음 날 아침까지 밤새도록 이루어졌다. 공격에 참여한 중공군은 제39군과 제42군 예하 약 50,000명의 병력이었다. 중공군은 몇 차례 파상 공격을 실시했으나 유엔군은 이를 물리쳤다. 그런데 전투 중 연대장이 적 박격포탄 파편에 다리를 부상하였다.

둘째 날인 14일 오전에는 중공군의 간헐적인 박격포 사격과 강풍으로 헬기에 의한 부상병 후송과 항공 지원이 이루어지지 않았다. 오후 들어 기상 상황이 좋아져서 항공지원을 요청하여 전폭기가 포위하고 있는 중공군을 공격했다. 한편 일본에서 발진한 수송기가 보급품을 투하하여 보급도 받았다. 중공군은 낮에는 유엔 공군이 무서워 숨어 있다가, 밤이 되자 다시 공격을 개시했다. 중공군의 둘째 날 공격은 첫째 날보다 치열했다. 방어진지 일부를 중공군에게 탈취당하여 그쪽은 급하게 안쪽으로 200m가량 철수해 새로 방어 진지를 편성하기도 해야 했다.

셋째 날인 15일 포위되어 격전을 치르고 있는 23연대 전투단과 연결하라는 명령을 군단장으로부터 받은 미군 5기병연대장 크롬베츠 대령은 오전 7시부터 작전을 시도했지만 지평리 남쪽 곡수리에서 유엔군을 포위하고 있는 중공군으로 인해 여의찮았다. 오후에 다시 중요 지점에 항공 폭격을 한 다음에 전차 23대에 보병 160명을 분승시키고 강행 돌파를 시도하였다. 중공군의 빗발치는 사격으로 전차 외부에 탑승한 보병이 상당수 희생되기도 했으나 이날 오후 5시 15분에 약 6km의 적중을 돌파하여 연결에 성공하였다. 두 부대가 연결되자 아군의 사기는 올라간 반면 중공군은 사기가 저하되어 철수하기 시작했다. 16일 새벽에는 중공군이 전면적으로 퇴각하고 있음을 정찰대에 의해 확인할 수 있었다.

지평리 전투와 관련해서 특이한 점은 프랑스 대대의 활약이다. 그때 프랑스 대대는 거의 외인부대 출신으로 구성된 실전경험이 풍부한 정예 병력이었다. 대대장 몽클라르 중령은 원래는 장군이었지만 한국전에 대대장으로 참전하기 위해서 스스로 계급을 중령으로 강등한 분이었다. 몽클라르 중령은 방어진지를 하나하나 순회하며 모든 병사들을 하나도 빠짐없이 격려했다고 한다. 프랑스 대대는 지평리에서 적의 접근이 쉬운 가장 위험한 지역에 배치됐었다. 맡은 지역을 잘 지켰을 뿐만 아니라 미군 방어선의 일부가 뚫렸을 때는 병력을 지원하여 침투한 중공군을 소탕하기도 했다. 중공군이 피리, 꽹과리를 불며 공격해 왔을 때 큰 소리를 내는 휴대용 사이렌을 울려 중공군의 소리를 잠재웠으며, 머리에 붉은 천을 묶고 총검 돌격으로 중공군을 쫓아낸 것은 유명하다.

3박 4일간 전투하는 동안 유엔군은 52명이 전사했다. 반면에 중공군은 그 백배인 약 5,000명의 전사자가 발생했다. 중공군은 종래와 똑같은 방법으로 유엔군을 포위하고 공격했으나 이번에는 성공하지 못했다. 막대한 병력 손실만 당했다. 어떻게 이번에는 유엔군이 승리했을까? 전투에 이긴 것은 기본적으로 화력과 보급 등이 적보다 우세해서였지만 결정적인 것은 결국 꼭 이기고 말겠다는 인간의 의지라고 생각된다. 리지웨이 장군은 지평리 전투 전에 실추된 병사들의 전투 의욕을 고취하기 위해 병사들에게 지휘서신을 보내 "우리 선조들이 너희를 보면 피눈물 흘릴 거야!" 말했다. 장군은 지평리의 고수 여부가 전 전선에 미치는 영향이 크므로 이곳만큼은 꼭 지키고 말겠다고 결심했다. 연대장은 다리를 다치었음에도 후송을 거부하고 전투 지휘를 계속했다. 전투 둘째 날 최고 사령관인 리지웨이 장군은 헬기로 위험한 전투 현장을 방문하여 직접 전황을 살펴보고 장병들을 격려하기도 했다.

이 전투는 유엔군이 중공군의 대규모 공세에 맞서 싸워, 진지를 끝까지 고수하고 처음으로 승리한 전투다. 이 전투로 유엔군은 그동안의 패배 의식에서 깨끗이 벗어났다. 그동안의 수세(守勢)에서 벗어나 중공군에게 과감한 공세를 펴부을 수 있었다. 이런 의미에서 지평리 전투는 인천상륙작전과 함께 6.25 2대 역전(逆戰) 전투로 꼽히고 있는 중요한 전투다.

현재 지평리에는 지평리 지구 전투전적비와 기념관이 있다. 기념관에는 여러 가지 자료가 전시되고 있으며, 영상자료도 볼 수 있고, 문화해설사의 해설도 들을 수 있다. 내 눈에 확 띈 것은 프랑스 대대에 배속된 한국군이 따로 찍은 단체 사진이었다. 당시 프랑스 대대에는 약 180명의 한국군이 카투사 또는 일반병으로서 배속되어 프랑스 병사들과 똑같이 용감하게 싸웠다고 한다. 프랑스 대대의 배치 지역 중에서도 가장 중요한 지점에는 한국군 소대가 배치되었다고 한다. 당시 참전한 한국군 노병의 증언에 의하면 프랑스 장교들이 다니면서 진지 위치를 정해주었는데, 날씨가 상당히 추웠다고 한다. 진지를 만들기 위해 땅을 팠더니 땅이 한 자나 얼어 있었다고 했다. 실탄 한 발로 적 3명을 죽이기 위해, 적이 최대한 접근할 때까지

기다려 일제 사격으로 적을 물리쳤다고 했다. 180명이면 거의 1개 중대 병력에 해당하는 많은 인원이다. 한국군도 지평리 전투에 상당한 기여를 한 것이다.

지평리의 눈이 덮인 하얀 벌판에서 전사한 유엔군 병사와 중공군 병사의 시신 사진도 보았다. 그 병사들은 이역만리 이름도 모르던 나라까지 와서 전사했다. 그들도 남들과 똑같이 소중한 가족이 있었을 것이다. 전쟁의 무상(無常)함을 생각하게 했다.

6.25 최대의 패전, 현리 전투

▲ 현리지구 전적비(강원 인제 상남면 상남리 오미재)

승전이 아닌 패전을 기억하기 위한 비(碑)가 있다. 강원도 인제군 상남면에 가면 오미재 고개가 있다. 이 고개에 있는 현리전투 전적비가 바로 그것이다. 비는 높이가 3~4m 정도의 크지 않는 소박한 규모로 1m쯤 되는 기단 위에 또다시 기단 높이 정도의 비대석이 있고, 비대석 위에 비가 있는 3단 구조이다. 비신은 가로로 둥그스름한 타원형 자연석으로 한자로 縣里地區戰蹟碑(현리지구전적비)라고 쓰여 있다. 가운데 부분 비대석에는 건립 취지가 검은 돌판에 새겨져 있다.

현리전투는 1951년 5월 16일부터 5월 22일까지 있었던 전투로 우리 국군이 중공군에게 가장 큰 패배를 한 전투다. 오미재 고개는 그때 국군 3군단이 주둔하던 현리 지역에서 창촌, 운두령을 거쳐 평창 하진부까지 연결되는 31번 도로상에 있는 전술적으로 중요한 지점이었다. 이 오미재를 적에게 탈취당함으로써 국군은 수많은 전우를 잃고 며칠 만에 70km의[38] 힘겨운 후퇴를 해야 하는 쓰라린 패배를 해야 했다. 그때 숨져간 용사들의 명복을 빌고, 그 전투의 패배를 교훈으로 삼고자 그 현장에 전적비가 있는 것이다.

현리전투가 일어나기 전인 1951년 5월 초순 3군단은 현리 지역을 방어하기 위하여 왼쪽은 9사단, 오른쪽은 3사단을 배치했는데 그 지역은 대략 현재 44번 국도를 통해 속초로 가다 보면 지나게 되는 소양강이 바라보이는 남전리 지역부터, 오른쪽으로 31번 도로와 함께 흐르는 내린천, 그 오른쪽 산악지대인 한석산, 설악산 국립공원인 가리봉 지역 일대까지였다. 해발 1,000m가 넘는 지역이 상당히 있는 험준한 산악지대였다. 그때 31번 도로는 이 산악지대의 유일한 보급로 겸 철수로였는데, 오미재는 이 도로의 통행을 제어할 수 있는 중요한 지점이었다. 당시 3군단에서도 오미재의 중요성을 깨달아 1개 대대의 병력을 미리 배치하였었다. 그런데 정확히 이 지역은 전투지경선 상으로 3군단 지역이 아니고, 3군단 왼쪽에 배치된 미 10군단 지역이었다. 미군 측의 항의가 있어서 아쉽게도 사전 배치한 병력을

---

38) 자료에 따라서 50km, 60km, 70km 등으로 표기하고 있는데 국방부 군사편찬연구소 발간 〈6.25전쟁 주요 전투 1〉에 따른다.

철수했어야 했는데, 이것이 현리 대패배의 단초(端初)가 된다.

5월 16일 오후 4시 30분경 중공군은 3군단 좌측인 미 10군단에 배속된 국군 7사단 지역[39]을 2시간 동안의 강렬한 공격준비사격 후에 공격했으니 이것이 중공군 5월 공세의 시작, 현리전투의 시작이다. 국군 7사단의 전방에 배치된 연대들은 대체로 중공군 제1파는 물리쳤으나 계속되는 제파 공격으로 이날 자정 무렵에는 대부분의 진지가 중공군에 점령당하고, 연대지휘소가 피습되거나 하여 포위되어 전멸되는 것을 피하기 위해 분산 철수를 해야만 했다. 이때 중공군의 공격 속도가 얼마나 빠른지 후퇴하는 국군이 공격하는 중공군을 뒤따르는 일도 있었다고 한다. 한편 중공군은 오미재를 점령하기 위한 별도의 기동부대를 운영했는데 그 부대의 첨병 중대가 17일 새벽 4시경, 대대가 오전 7시경 오미재를 점령했으며, 곧 이곳에는 연대병력 이상의 중공군이 증원되었다. 17일 오후에 7사단에서 1개 대대가 오미재 탈환을 시도하였으나 실패하고, 그 후방에 있는 고사리재도 탈취되었는데 이 사실은 어쩐 일인지 3군단에 통보되지 않았다.

3군단의 좌측을 담당하는 9사단은 17일 새벽 1시경부터 일부 부대들이 적의 공격을 받기 시작했다. 사단에서는 좌측의 7사단이 철수한 것을 알게 되자 새벽 4시경 병력을 철수하여 오전 10시경 오미재 북쪽 6km 지점에 있는 용포 마을로 향하도록 했다. 그런데 이 부근의 고지를 먼저 점령한 중공군에게 사격받자 이날 오후 1시 40분경 용포 북쪽 3km 지점에 있는 현리로 이동하여 집결하였다.

---

39) 홍천에서 속초로 가는 44번 국도의 신남리부터 부평리까지의 지역이다.

3군단의 우측을 담당하는 3사단은 17일 새벽 4시경부터 북한군의 공격을 받았는데 인접 9사단으로부터 오미재가 탈취되었다는 연락을 받고 오전 8시경 철수를 시작하여 오후 1시에 현리에 도착하였다. 17일 오후 현리 지역 일대에는 여러 부대가 집결하여 무선통신이 혼선되어 지휘통제의 어려움이 있었으며, 오미재가 적에게 탈취되어 포위되었다는 소문이 퍼져 공포심이 확산되기 시작했다.

17일 오후 2시경 경비행기로 현리에 도착한 유재흥 군단장은 선임 사단장인 3사단장 김종오 준장에게 9사단장 최석 준장과 협의해서 퇴로를 개척할 것을 지시하고 군단사령부가 있는 하진부리로 복귀하였다. 3사단과 9사단에서는 각각 1개 연대씩을 차출하여 오미재를 공격하기로 했다. 먼저 9사단 30연대로 하여금 공격하도록 했다. 김진동 중령이 지휘하는 30연대 3대대는 오미재 가기 전에 있는 중간 목표인 736고지를 이날 해가 진 직후인 19시 30분에 공격하여 밤 10시경 무혈점령에 성공했다. 그런데 인근에 있는 또 다른 중간 목표인 785고지를 점령하기로 했던 1대대가 어찌 된 영문인지 내린천을 따라 남하하다가 중공군의 공격을 받고 퇴각하는 상황이 발생했다.[40] 이 사건을 계기로 어느 순간 9사단은 순식간에 혼란에 빠지고 방태산 방면으로 퇴각하기 시작했다.

30연대의 공격을 기다리며 대기하고 있던 3사단 18연대장 유양수 대령은 공격개시시간이 지난 22시까지도 30연대의 공격 소식이 없자 예하 수색중대로 하여금 상황을 파악하도록 한 결과 9사단의 부대들이 공격하지 않

40) 다른 자료에 의하면 퇴각이 아니고 행방이 묘연해졌다고 한다. 나중에 확인한 바로는 이때 어떤 이유에선지 이미 방태산으로 그 대대는 철수하고 있었다고 한다.

고 매화동 골짜기 부근에서 방태산으로 철수하고 있다는 것을 확인하고 3사단장 김종오 장군에게 상황을 보고하였다.

3사단장 김종오 장군은 만약 방태산마저 중공군에 빼앗기면 글자 그대로 독 안에 든 쥐 같은 신세에 빠져들게 된다는 생각으로 23연대장에게 1개 대대로 방태산 정상을 확보하라고 명령하여 우발사태에 대비하고 있었다. 이때 미군 고문관인 대령은 장군에게 방태산 지역을 확보하고 용포, 상남리 북방고지를 연결하는 삼각형 지형에서 우군이 반격할 때까지 전면 방어를 실시하자는 건의를 하였다. 그러나 장군은 건의 내용이 이론적으로는 그럴싸해 보이지만 이미 오미재를 포함한 상남리 북방 고지가 적에게 탈취되었고, 지금은 밤이고 이미 혼란이 일기 시작하여 부대 장악이 안 되는 상황이다. 방태산 지역은 지형이 험해서 보급지원을 보장할 수 없다. 무엇보다도 인접 9사단과도 연락이 안 되고 있다. 장군은 6.25초기 춘천 전투를 효과적으로 지휘했으며, 나중에 백마고지 전투를 승리로 이끈 명장(名將)이다. 그러나 당시로서는 난국을 타개하기 어려웠던 것 같았다. 어려운 상황에서 나름대로 최선 다하여 고뇌(苦惱)의 결정을 할 수밖에 없었다. 병력과 장비를 모두 살릴 수 없다면 병력만이라도 살리기로 결심했다. 18일 새벽 3시경 그때까지 대기하던 예하 병력들에게 휴대할 수 없는 장비는 파기하고 방태산 주 능선을 경유하여 창촌으로 철수하라고 명령했다.

당시 방태산으로의 철수는 조직적인 철수가 아니었다. 수많은 병력이 방태산으로 모여들어 좁은 능선에는 혼잡이 극에 달했다고 한다. 방태산은 해발 1,444m의 고지이다. 군사 작전이 아닌 일반 산행으로도 힘든 곳이다. 그런 곳을 그때는 급하게 철수를 감행하자니 체력이 약한 병사들은 낙오하게 되었다.

방태산에서 마지막으로 철수한 부대는 3사단 18연대 1대대였는데 이미 이때 중공군이 아군을 뒤따라 방태산 정상을 점령하고, 정상 부근에는 200여 명의 국군포로가 중공군에 의해 수용되어 있음을 알게 되었다. 대대장 손영진 소령은 후퇴 중임에도 용감하게 특공조를 편성하여 중공군을 기습하여 포로 구출 작전을 실시한 후에, 구룡덕봉을 경유하여 19일 아침에야 광원리에 도착하였다. 다른 부대를 뒤따라 을수재로 향하는데 갑자기 사격받아 과감하게 공격하여 격퇴하고 보니 적은 벌써 이곳까지 진출한 1개 분대 규모의 소수 병력이었다.

18일 3군단 병력은 방태산 주 능선을 따라 주억봉과 구룡덕봉을 경유하여 광원리로 가는 코스와 방태산 깃대봉 쪽을 올랐다가 다시 내려와 남전동에서 내린천 따라서 광원리로 가는 2개의 코스로 창촌을 목표로 이동하고 있었다. 대체로 18일 저녁부터 19일 새벽 시간대에 광원리에 3군단 병력들이 도착하여 집결하게 되었다. 당초 목표로 했던 창촌은 이미 7사단 지역을 통과한 중공군이 점령하고 있는 것을 알게 됐다. 창촌 지역에서 차령산맥을 이용하여 방어하려던 계획은 수포가 되고 또 다른 탈출 방안을 강구해야만 했다.

계방산과 오대산 사이에 있는 해발 1,150m의 을수재를 넘기로 했다. 9사단 30연대 주력이 광원리에 도착한 시간은 19일 04시였다. 30연대 3대대장은 밭 가운데 있는 한길 높이의 바위 위로 올라가서 호각을 힘차게 불고는 그가 항상 몸에 지니고 다니던 지휘도를 뽑아 높이 쳐들면서 "나는 30연대 제3대대장 김진동 중령이다. 나는 사단장의 명령에 의해 여기 있는 병력을 지휘하여 을수재를 넘어서 하진부리로 철수하려고 한다. 제30연대 제12중대장 조철권 대위가 선두에 서라"고 힘차게 외쳤다. 김 중령이 취한 이 임기응변의 조치는 의기소침해져 있던 철수 장병들에게 기사회생의 희망을 주는 활력소가 되었다. 모든 장병이 을수재로 따라나섰다.

그러나 을수재를 넘는 것은 이틀 동안 체력이 고갈된 장병들에게 지난(至難)한 난관이었다. 길고 긴 을수골 골짜기를 걸어서 해발고도 1,000m가 넘는 고개를 올라가야만 했다. 많은 병사가 버텨보려고 했지만, 체력의 한계를 어찌할 수 없었다. 또다시 낙오하는 병사들이 생겼다. 체력이 한계점에 다다른 병사들은 고개를 오르는 동안 무게를 줄이기 위해 탄띠, 배낭, 철모를 차례로 내던지고, 손목에 찬 시계마저도 풀어서 버렸다고 한다. 고개를 넘자 이제 적이 따라오지 않는다는 안도감에 젖어 길옆에 주저앉아 한동안 일어날 줄 모르는 병사들도 있었다.

19일 오후 3시 무렵을 전후하여 3군단의 주력은 하진부리에 도착했다. 후속부대도 개인 또는 소부대 단위로 속속 도착하였다. 철수한 병력에게 가장 급한 것은 따뜻한 먹을거리를 주는 것이었다. 3군단에서는 철수하는 길옆에 쌀가마를 쌓아놓고 각자 반합으로 개인 취사를 하도록 하거나, 주먹밥을 만들어 나누어 주기도 했다고 한다. 하진부리에서 병력을 수습하고 재편성에 들어갔다. 많은 지휘관이 오는 과정에서 병사들이 장비를 버린 것은 문제 삼지 않고 목숨만이라도 살아서 돌아온 것을 대견하게 생각했다. 5월 19일부터 20일 이틀간에 수습한 병력은 3사단이 34%, 9사단이 40%였다. 23일 이후 반격 과정에서 낙오되었던 병력이 다시 많이 복귀하여 5월 27일 기준으로 3사단과 9사단 평균하여 장교는 79%, 사병은 71%의 인원을 수습하였으나 그 나머지에 해당하는 약 6,100명으로 추산되는 많은 장병이 안타깝게도 전사하거나 실종되거나 적에게 포로가 되었다.

중공군은 3군단 주력 부대가 철수하는 동안 이를 엄호하기 위해 운두령과 을수재에 임시로 배치했던 부대들을 물리치고 서울·강릉 간 도로를 목표로 남진을 계속했다. 이에 따라 3군단은 전투력이 거의 상실된 상태에서도 그때까지 수습된 병력으로 이를 저지하고자 해야만 했다. 5월 20일 9사단을 왼쪽, 3사단을 오른쪽으로 하여 서쪽은 속사리부터 동쪽은 월정사까지 구간의 방어에 들어갔다.

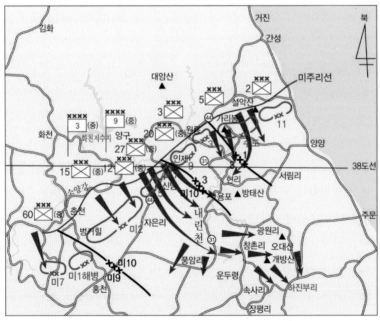

▲ 현리 전투 상황도(출처 6.25 주요 전투1—국방부 군사편찬연구소 간행)

5월 21일 15시에 중공군은 3사단 진지를 공격했다. 16시경에는 9사단 진지도 공격했다. 말이 사단이지 연대 병력밖에 안 되며, 장비도 제대로 갖추지 못한 두 사단은 버텼으나 전투력의 열세를 극복할 수 없었다. 이날 밤에 3사단은 오대천을 따라 정선 방향으로 후퇴하고, 9사단은 대화 방향으로, 3군단 사령부는 영월로 각각 흩어졌다. 이 후퇴 행렬은 3사단의 부대들이 23일 여량리를 거쳐 24일 05시에 정선 임계면 송계리에 도착함으로써 멈추게 된다. 한편 3군단의 부대들이 후퇴 중인 22일 18시부로 미 8군 명령에 의해 국군 3군단은 해체되고 작전지역을 미 10군단에 인계하였다. 그리고 3사단은 국군 1군단으로, 9사단은 미 10군단으로 배속이 변경되었다.

미군은 그동안의 경험에 의하여 중공군은 공세 초기에는 기세 좋게 공격하지만, 인력에 의존한 보급 지원 등의 문제로 며칠이 지나면 공세 종말점이 다가온다는 것을 알고 있었다. 미 8군 밴플리트 사령관은 중공군의 진출과 3군단의 철수 상황을 예의 주시하던 중 중공군이 공세 종말점이 다가온 것으로 판단했다. 3군단이 철수함으로써 생긴 70km에 이르는 돌파구를 막기 위해 서부전선에 예비로 있던 미 제3사단을 19일 19시에 평창 용평면 장평리에 급히 집결시켰다. 이 부대들은 다음 날인 20일에는 속사리 방면으로 진출하였다. 22일 18시 20분쯤 미 3사단 제7연대는 속사리에서 홍천 내면으로 넘는 운두령을 점령하였다. 이 운두령 점령으로 운두령 이남으로 진출했던 중공군은 오미재가 점령되어 어려운 후퇴를 했던 3군단과 똑같은 처지가 되었다. 5월 23일 08시를 기하여 미군과 국군은 대반격을 시작했다. 아직 완전히 재편성되지는 않았지만 3사단과 9사단도 이 반격 작전에 합류할 수 있었다. 5월 말경 미군과 국군은 중공군의 5월 공세로 탈취당했던 지역을 대부분 회복하였다.

현리전투의 패배와 그때 3군단이 해체된 사실에 대하여 많은 사람이 애석해하고 있다. 당시 국군 장교들이 무능력했으며, 무책임하여 그렇게 됐다고 적고 있는 기록들을 더러 보았다. 그 기록들이야말로 무책임한 기록 같다. 과연 어떻게 쉽게 그렇게 말할 수 있을까? 전쟁에는 많은 불확실한 요소가 있으며, 불가항력적인 사항도 있다. 그때는 왜 그렇게 부대 간에 통신 연락이 안 됐었는지? 지금 기준으로는 이해할 수 없는 사항, 아쉬운 점도 많다. 그러나 당신이 만약 그때 김종오 사단장이었으면 방태산으로 철수하는 것 외에 어떤 결정을 할 수 있었겠는가?

현리전투가 일어났던 많은 지역은 나로서는 젊은 시절 군 복무 때 야외 전술 훈련을 하느라 꽤나 걸어서 돌아다녔던 곳이기도 하고, 방태산이나 계방산은 등산하느라 여러 번 올랐던 곳이라 상상이 된다. 그때 해발 1,000m가 넘는 산악지대를 2박 3일 동안 제대로 먹지도 쉬지도 못하면서 오르내리며 철수하는 것은 정말 어렵고 험난한 과정이었다. 그런데도 손영진 소령과 김진동 중령, 그밖에 용감하고 책임감 있는 장교들이 있었기 때문에 그나마 그 병력이 방태산을 넘어, 을수재를 넘어, 하진부리까지 철수할 수 있었다고 생각한다.

오미재에 있는 현리지구 전적비와 별도로 인제군 상남면 하남리 매화동 마을에서 방태산으로 올라가는 능선으로 300m 가면 현리 전투 위령비가 있다. 이곳은 현리 전투 때 전사한 장병들의 화장터였다고 하는데, 지형을 볼 때 이 부근에서 많은 병력이 그때 방태산으로 올라갔을 것이다. 비(碑)는 1991년에 3군단에서 건립했다. 비의 기단 높이는 6.2m, 비 자체는 자연석으로 높이 3.6m다. 전체 높이 약 10m 정도의 규모다. 이곳은 위령비이므로 비의 기단 전면에, 현리전투에 참가했던 부대별 순국 장병 위패 9개가 모셔져 있다. 비의 왼쪽 공간에는 여러 개의 돌판에 비의 건립 취지와 현리전투의 전개 과정과 결과, 분석과 교훈 등을 새겨서 방문하는 이의 이해를 돕고 있다. 특이한 것은 비의 뒷면에 '통한(痛恨)의 결의(決意)'라는 제목의 추도문이 새겨져 있다. 25줄의 긴 추도문이다. 비를 건립할 당시 3군단 정훈 장교였던 이가 짓고, 정훈병이었던 병사의 글씨다. 그 추도문의 문장 중에서 현리전투에 참가했던 장병들과 영령(英靈)들에게, 그리고 후세에 현리 전투에 대하여 말하고자 하는 이들에게 나는 다음 문장을 말하고 싶다. '그대들은 용감(勇敢)했어라. 결코 비겁(卑怯)하지 않았노라.'

▲ 현리전투 위령비(강원 인제 상남면 하남리)

6.25 최대의 승전, 용문산 전투

▲ 용문산 전투 가평지구 전적비(경기도 가평군 설악면 천안리)

가평군 설악면 천안리에 있는 용문산 전투 가평지구 전적비를 다녀왔다. 용문산 전투는 6.25의 수많은 전투 중에서도 국군이 중공군을 상대로 가장 큰 승리를 얻은 전투다. 그 현장을 한 번 찾아보고 전투를 되돌아보고 싶었다.

전적비는 야산 기슭에 있는데 전적비에서 앞을 바라봤을 때 왼쪽 남쪽 방향으로 용문산 능선이 아스라이 바라다보이는 곳이었다. 전적비는 1997

년에 가평군에서 설립했는데 규모가 꽤 컸다. 용문산 전투가 있었던 1951 년을 상징하여 비 높이를 19.51m로 건립했다고 했다. 비를 정면에서 봤을 때 비 위에서 아래로 세로로 큰 글씨 한자로 '龍門山戰鬪加平地區戰績碑(용문산전투가평지구전적비)'라고 쓰여 있었다. 비 아랫부분 기단에는 각자 소총과 수류탄, 포탄을 거머쥔 전투의지가 충만한 표정으로 앞을 바라보는 6.25 당시 전투 복장을 한 4명의 장병 동상이 있었다. 동상 아랫부분 기단에는 용문산 전투 약사가 설명된 동판이 부착되어 있어 이곳을 방문하는 이들에게 이 전적비의 의미를 설명해 주고 있다. 한편 전적비 뒤쪽에는 화천에 있는 이승만 대통령 친필의 파로호(破虜湖) 비를 그대로 탁본 떠서 만들어 놓은 비와 미국군 72 탱크부대 참전 기념비도 있었다.

용문산 전투는 1951년 5월 18일부터 5월 30일까지 양평 북쪽에 있는 용문산 지역을 방어 중이던 국군 6사단이 중공군 제69군 예하 3개 사단(제187, 제188, 제189 사단)의 침공을 격퇴하고, 반격으로 전환하여 적을 화천 파로호까지 밀어붙여 대승을 거둔 전투이다.

6사단은 6.25 초기의 춘천 전투를 비롯하여 전쟁 내내 잘 싸운 국군 사단이었다. 그러나 용문산 전투 직전 4월 하순 중공군 4월 공세 때 사창리 전투에서 많은 장비를 내버린 채 가장 먼저 후퇴했다. 인접 미군들이 6사단 마크가 푸른 육각별인 것을 빗대어 "겁쟁이 블루 스타(Blue star)"라고 부르며 심지어 돌을 던지며 멸시하기도 했다고 한다. 6사단은 사기가 최악의 상태였다. 청평댐을 건너 부대를 수습한 사단장 장도영 준장은 어떻게 해서든 사기를 회복시키고 6사단의 명예를 회복해야 했다. 패전의 책임을 물어 연대장을 군사경찰로 하여금 체포하게 하고 새로 연대장을 임명했다.

새 방어지역에 병력을 배치하기에 앞서 모두 집합시키고 "너희들은 지금부터 나가 죽어라. 사단의 명예를 회복하기 전에는 살아서 돌아올 생각을 말라! 나도 너희들과 같이 죽겠다." 훈시했다. 이후에도 수시로 정신 교육을 실시했다고 한다.

1951년 5월 국군 6사단은 중공군의 공격에 대비하여 주저항선인 용문산 북서쪽에 제19연대를, 용문산 북동쪽에 제7연대를 배치했다. 경계부대인 제2연대는 훨씬 앞으로 나와서 제1대대를 홍천강 일대를 내려다볼 수 있는 장락 산맥의 559고지[41]에, 제2대대를 북한강 청평호반 일대를 내려다볼 수 있는 울업산[42]에 배치하고, 제3대대는 예비로서 약간 후방 엄소리의 353고지에 배치하여 경계에 임하고 있었다. 2연대 장병들은 決死(결사)라고 쓰인 머리띠를 철모에 두르고, 손톱과 머리카락을 잘라 유언을 남기는 등 죽음도 무릅쓰고 싸울 각오를 하고 있었다.

적정 탐색과 포로 획득, 적에게 기습당하지 않기 위해서 사단에서는 홍천강 건너에 일반전초를 운용하고 제2연대에서도 수색대를 강 건너 멀리 보내 정찰 활동을 계속했다. 5월 17일 연대 정찰대가 중공군 예상 도하지점인 춘천시 남산면 서천리와 강촌 일대를 탐색 중에, 이미 강을 건너 남산면 방하리 계곡에 집결 중인 중대 규모의 중공군을 발견하여 격퇴했다. 그러나 해가 지자 중공군은 도하 공격을 시작했다.

5월 18일 용문산 전투는 본격적으로 벌어졌다. 중공군은 춘천시 남면 가

---

41) 현재 서울양양고속도로 미사터널 부근, 서울양양고속도로 가평휴게소 바로 뒷산.
42) 가평군 설악면 선촌리, 정상은 해발 381m의 신선봉, 현재 전망 좋은 등산코스가 조성되어 있다.

정리, 상박암리 곳곳에서 도하 공격을 계속했다. 2연대는 사단과 군단에서 지원한 5개 포병대대의 화력 및 조명지원을 받아 적의 접근을 저지했으나 일부 진내로 접근하는 중공군이 있어 백병전을 벌여 적을 격퇴하기도 했다.

5월 19일 수적인 열세에도 불구하고 완강히 저항하자 중공군은 이곳을 주저항선으로 오판한 듯 새벽부터 187사단과 188사단 주력을 투입하여 돌파를 시도하였다. 오전 8시경 홍천강변 장락산 559고지의 1대대를 포위 공격하였다. 1대대는 근접항공지원을 받아 고지를 사수하였다. 항공 지원이 주춤해질 때쯤 중공군은 계곡으로 병력을 투입하여 아군의 퇴로를 차단하였다. 1대대는 3시간 동안 혈전 끝에 포위망을 뚫고 연대 지휘소가 있는 나산(해발 628m)으로 철수하였다.

중공군은 559고지에 이어 예비인 189사단을 동원하여 제2대대가 방어 중인 울업산을 집중적으로 공격하였다. 제2대대는 완강히 저항하였으나 수적인 열세로 항공 폭격의 엄호하에 울업산 진지를 포기하고 준비된 예비 진지인 후방의 427고지로 철수하였다. 연대 방어선 전면은 왼쪽은 353고지로 오른쪽은 나산으로, 후방 예비진지는 427고지로 방어 구역을 축소한 것이다.

제2연대는 나산 부근의 전초진지를 고수했지만, 이틀간의 격전으로 부상자가 속출하고 또 보급이 이루어지지 않아 식량과 탄약이 절대적으로 부족하였다. 이런 상황을 간파한 중공군 저녁 8시가 되자 다시 한번 총공격을 실시하였다. 제2연대의 제1대대는 나산에서 제3대대는 353고지에서 제2대대는 427고지에서 각자 중공군과 밤새 백병전을 치르는 혈전을 치렀다.

5월 20일 새벽까지 전투에서 방어진지 일부가 돌파되기도 했고 통신이 두절되어 지휘통제가 불가능한 상황에 이르기도 했지만 강한 정신력으로 진지를 지키는 데 성공했다. 중공군은 경계 지대를 주저항선으로 오인해 예비부대까지 전부 투입해 맹렬히 공격했으나 아직 주저항선은 손도 대 보지 못한 상태였다.

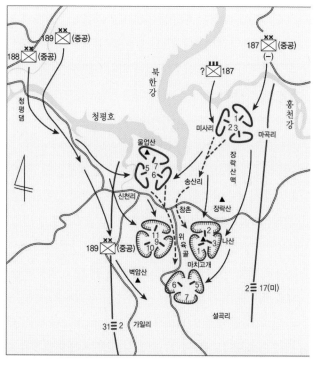

▲ 용문산 전투 상황도(출처 6.25 주요 전투1 - 국방부 군사편찬연구소 간행)

한편 제2연대가 한창 혈전을 치르는 때인 19일 밤에 미 제8군 사령관으로부터 반격 명령이 하달되었다. 미 9군단장으로부터 공격 명령을 수령한 사단장 장도영 준장은 반격을 결심하고, 예비대로 주저항선에 아껴 두었던 7연대와 19연대를 20일 새벽 5시를 기해 공격작전에 투입했다. 제2연대를 포위하고 있던 중공군은 예기치 않았던 기습을 측후방에 받자 역포위되는 것이 두려워 서둘러 홍천강변으로 철수하기 시작했다.

5월 21일 7연대와 19연대는 중공군에게 포위되어 있던 제2연대와 연결한 후에 중공군을 계속 추격하여 5월 22일 원래 점령했던 홍천강 남안까지 진출했다. 여기까지가 용문산 전투의 전반기라고 볼 수 있다.

이후 전과 확대 및 추격 단계로 5월 24일에 제19연대는 춘천 서쪽 계관산에서 북배산, 지암리 방향, 북쪽으로 기동하고, 미군은 1개 연대는 왼쪽에서 가평·지암리 간 도로로, 다른 1개 연대는 오른쪽에서 춘천·화천 간 도로로 기동하여 춘천 북쪽 지암리에 대한 삼각 포위망을 형성하였다. 5월 26일 지암리에서 집결했던 중공군 180사단을 포위하여 섬멸하였으니 이것이 지암리 전투다. 이 전투에서 6사단은 살상 전과 외에 포로만 2,600여 명을 잡았고, 외곽에 있던 미군도 이에 상당하는 포로를 잡았다고 한다.

내가 초등학교 시절인 1965년에 지암리에 일 년 정도 거주했던 적이 있었는데 그때까지만 해도 아직 전쟁의 상흔이 남아 있었었다. 밭에는 포탄 파편과 소총 탄피, 나무 부분은 썩어서 없어지고 쇠 부분만 잔뜩 녹슨 채로 남아 있는 중공군의 총 등이 심심치 않게 눈에 띄어 이런 고철을 수거해서 엿을 바꾸어 먹는 것이 아이들의 일이었다. 여름 장마철에는 해골이 몇 개 개울물에 떠내려온 것이 보여서 섬뜩하기도 했다.

한편 제2연대와 제7연대는 5월 24일 미군과 함께 화천 저수지 공격을 위해 춘천에 집결하였다. 5월 26일부터 5월 28일 사이에 제2연대는 춘천 북방 용화산에서 매봉산 방향으로 공격하여 화천댐을 점령하고, 제7연대는 춘천 동북쪽에 있는 부용산에서 북쪽으로 공격하여 화천 간동면에 있는 병풍산을 점령하였다. 동부전선에서 이곳으로 후퇴하여 화천댐을 경유하여 철원지역으로 철수하려는 중공군 3개 군의 퇴로가 차단되었다. 이후 5월 말까지 계속된 전투에서 퇴로가 차단된 중공군은 유엔 공군의 폭격과 대기하고 있던 6사단 장병에 의해서 섬멸되었다. 파로호를 무리하게 건너다 익사한 중공군도 수도 없이 많았다. 이것이 유명한 파로호 전투다. 파로호 전투는 중공군 사상자가 최소한 2만 5천 명 이상으로 추정되는 대승이다.

내가 고등학교 시절 참전용사였던 교련 선생님에게 들은 이야기로는 이때 유엔 공군의 네이팜탄 폭격으로 도로에는 새카맣게 탄 중공군의 시체가 무더기로 쌓여 있었다고 한다. 일일이 사람 손으로 치울 수 없어서 불도저로 밀어버리고 통행해야 할 정도였다고 했었다. 용문산에서 시작한 전투는 파로호에서 매듭이 이루어졌다.

용문산 전투 승리의 원인을 생각해 보면 다음과 같은 사항들을 눈에 띈다.

첫째 실추된 장병들의 사기를 회복하고 결전 의지를 다지기 위해 정신교육에 집중했는데 이것이 큰 효과를 발휘하였다.

둘째 전투가 시작되기 전에 원거리 정찰 활동을 계속하여 적의 동태를 실시간으로 파악하여 적에게 불시에 기습받지 않고 적의 공격에 대비할 수 있었다.

셋째 진지 편성에 특이한 점은 통상 방어의 경우에는 대대별로 전방에 2개 중대, 후방에 예비 1개 중대 배치하는 것이나, 이때는 대대별로 적에게 포위되어도 전투를 계속할 수 있도록 3개 중대를 고지 중심으로 원형으로 배치했다. 각 대대는 적에게 포위돼도 당황하지 않고 전투를 계속할 수 있었다.

넷째 적이 아군의 경계 지역을 주저항선으로 착각해서 예비 병력을 다 투입하고 나서, 결정적인 시점에 6사단은 아껴 두었던 예비 병력인 7연대와 19연대로 적을 역습하게 하여 반격에 성공했는데 그 시점이 적절했다.

다섯째 열세한 병력으로 많은 병력의 적을 이길 수 있었던 것은 우세한 포병 화력과 항공 화력을 잘 이용했기 때문이다. 항공 폭격 때문에 낮에는 적이 머리를 들 수 없고, 밤에도 포병 화력 때문에 적이 마음 놓고 기동할 수 없었다고 한다.

여섯째 특히 전과 확대 및 추격전에서 중공군은 아군보다 군수 보급 능력이 크게 부족함을 보여주었다. 많은 중공군 병사가 기아(飢餓) 상태에서 자진하여 포로가 되었다고 한다.

중공군은 당초 서울 동쪽인 용문산 지역을 점령함으로써 서울 지역에 큰 위협을 주려고 했으나 목표를 달성하지 못했다. 오히려 유엔군과 국군에 밀려 대략 현재의 휴전선 가까운 곳까지 후퇴해야 했다. 용문산 전투에서 타격을 받은 중공군 부대들은 한동안 전선에 등장하지 못했다. 중공군은 용문산 전투 이후 병력 수만 믿고 대규모 기동전을 펼치는 것은 유엔군의 항공 폭격과 포병 화력에 견딜 수 없다는 것은 깨닫고 이후 대규모 기동전을 포기하게 되었다. 이후 전투는 한 뼘의 땅이라도 더 뺏기 위해 좁은 지역을 가지고 아웅다웅 다투는 고지전으로 바뀌었다. 그리고 자기들이 전쟁에서의 절대 우세를 장담할 수 없게 됐으므로 전쟁을 끝내기 위한 휴전 회담을 제의하게 된다. 용문산 전투는 단지 전술적으로 큰 승리를 얻은 것뿐 아니라 중공군에게 전략적으로 큰 타격을 입히고 이후의 전쟁 양상을 바꾼 중요한 전투였다.

용문산 전투에 등장하는 산 이름들, 장락산, 울업산, 나산, 용문산, 계관산, 북배산, 용화산, 매봉산, 부용산, 병풍산, 마침 내가 등산하느라 모두 다녀본 곳이다. 곳에 따라서는 지형이 험해서 그냥 산행으로 다니기에도 힘든 곳이 더러 있었다. 그런데 그때는 10여 일 남짓, 길지 않은 기간에 그 먼 거리를 무거운 군장을 메고, 쉬지도 못하고, 잠도 제대로 못 자고, 때로는 목숨이 경각에 달린 전투를 해 가면서 그 산야를 섭렵하던 장병들을 생각하면 경의(敬意)를 표하게 된다.

에티오피아 강뉴 부대를 아시나요?

▲ 에티오피아 한국전 참전 기념비(강원 춘천시)

    마모 소위는 16명의 정찰대원을 이끌고 적진 바로 앞에 매복하는 임무를 띠고 강뉴부대 주저항선을 떠나 출동했다. 조심스럽게 어둠을 이용하여 매복할 지점에 도착했을 때 적이 그들을 급습했다. 많은 수의 중공군이 정찰대를 공격해 와 양측의 치열한 교전이 시작되었다. 순식간에 정찰대 병사 3명이 전사하고 나머지 13명 전원이 부상을 했다. 그러나 마모 소위와 대원들은 부상에도 아랑곳하지 않고 중공군과 백병전으로 맞설 각오로 전투를 계속했다. 흐르는 피로 범벅이 된 마모 소위와 대원들은 원형진을 형성하고 밀려드는 중공군을 사살하고 사살했다.

무전기가 박살이 나서 교신이 두절됐다. 용감한 병사 한 명이 위험을 무릅쓰고 사선을 뚫고 본대에 이를 알렸다. 새벽 3시 강뉴 부대장의 명령을 받고 출동한 16명의 구원팀이 합류하였다. 마모 소위는 구원팀과 함께 밀려드는 중공군과 전투를 계속했다. 총검술을 하는 백병전까지 해야 했다. 중공군은 마침내 35명의 전사자 시신을 남기고 철수했다. 아마도 중공군의 부상자는 전사자의 몇 배가 되었을 것이다. 이 공적으로 마모 소위는 에티오피아 최고 훈장을 받았다. 이 죽음을 무릅쓴 전투는 6.25전쟁에 파병한 에티오피아 강뉴 부대가 1953년 5월 28일 겪은 것이다.

6 · 25전쟁 기간 중 에티오피아는 1951년 5월 6일부터 증강된 보병 1개 대대 규모의 부대를 3차에 걸쳐 파병하였다. 전쟁이 끝난 후에도 1965년 3월 1일까지 유엔군의 일원으로 일단의 병력을 계속 파병했었다. 우리나라와 밀접한 관계도 아닌 먼 곳에 있는 나라인 에티오피아가 파병한 데는 남다른 사연이 있다. 일찍이 1차 세계대전이 끝나고 에티오피아는 이탈리아의 침공을 받았다. 에티오피아의 하일레 셀라시에 황제는 국제연맹에 집단안보의 정신으로 에티오피아를 도와줄 것을 호소하였다. 그러나 당시 국제연맹은 아무런 도움도 주지 못했고, 결국 에티오피아는 5년 동안 이탈리아군에게 점령되어 온갖 수난을 겪었다. 나중에 영국의 도움으로 이탈리아군을 몰아내고 황제는 복귀했다. 황제는 이러한 경험으로 강력한 집단행동으로 세계 평화를 유지하는 '집단안보 기구'가 무엇보다도 필요하다고 생각하고 있었다. 마침 UN으로부터 이러한 취지에 부응하는 파병 요청

이 있어 응한 것이다. 황제는 출정식 축사에서 "그대들은 우리 에티오피아가 그렇게 주장해 온 세계 평화를 위한 집단안보 원칙을 조국 에티오피아를 대표하여 실현할 것이다." 말했다.

한국에 파견된 에티오피아 부대를 강뉴(Kagnew) 부대라 한다. 이 부대 이름은 황제가 내려준 것이다. 그 의미는 '혼돈 상태로부터 질서 확립', '초전 박살' 또는 '격파'라고 한다. 강뉴 부대는 이름에 걸맞게 전쟁에서 잘 싸웠다.

강뉴 부대는 에티오피아 여러 부대 중에서도 황실 근위대 병력 중 자원자로 편성한 정예부대였다. 강뉴 부대는 미 7사단 32연대에 배속된 대대로 전투에 참여하였다. 전투했던 장소는 강원도 지역으로 철의 삼각지대 철원·금화, 화천과 양구의 북쪽 전방이었다. 강뉴 부대가 참전했던 시기는 현재의 휴전선 지역 부근에 피아(彼我) 병력이 고착되어, 한 뼘의 땅을 가지고 서로 다투는 고지전이 치열한 시기였다. 따라서 강뉴 부대의 전투는 고지 방어와 탈취, 수색과 매복전이 주가 되었다. 강뉴 부대의 총전투 횟수는 253회인데 한 번도 임무를 완수하지 못한 적이 없었다. 명실상부(名實相符)한 정예부대였다. 강뉴 부대의 전투 기록을 보면 초급장교와 부사관들의 책임감과 역량이 뛰어났다. 대대에 편성되어 있는 박격포도 필요할 때 잘 운용했다. 돋보이는 점은 모든 대원이 총검술에 능하여 적이 방어선을 돌파하여 진내에 돌입하더라도 당황하지 않고 적을 압도했다. 강뉴 부대를 지휘했던 미 7사단장 아서 트루도 소장은 다음과 말했다.

"한국전쟁에서 에티오피아 강뉴 부대보다 더 잘 싸우고 더 용맹한 부대는 없었다. 그들은 전투에서 한 번도 후퇴한 적이 없고 임무를 완수했다.

그들은 무사히 때로는 부상하거나 전사자가 있었지만 출동한 전원이 귀대했다. 그들은 전쟁 내내 포로 한 명 없었고 따라서 포로를 교환할 때 대상자가 한 명도 없었다는 영광스러운 진기록을 세웠다."

6·25전쟁에 참전했던 강뉴 부대 장교들은 귀국 후 군에서 요직을 맡는 등 한동안 잘 나갔었다. 그러나 1974년 에티오피아가 공산화되고, 황제가 의문의 죽임을 당한 뒤에 대부분 숙청, 강제 퇴역을 당했다. 북한군에 반대하는 세력의 편을 들었다는 이유로 참전용사들의 재산을 몰수하고, 핍박했다고 한다. 최하 극빈층의 생활로 내몰릴 수밖에 없었다.

1991년 에티오피아의 공산정권이 물러나자 강뉴 부대 용사들은 숨을 돌릴 수 있었다, 다음 해인 1992년 한국 전쟁 참전전우회를 만들었다. 그들은 젊음을 바쳐 참전했던 한국이 선진국이 된 것을 자랑스러워했다고 한다. 한편 우리나라도 에티오피아와의 국교가 회복된 후에 정부 차원에서는 물론 민간 차원에서도 강뉴부대 용사들을 돕는 활동이 활발히 했었다.

춘천에는 에티오피아 참전 기념비와 에티오피아 한국전 참전 기념관, 에티오피아의 집 카페가 있다. 참전 기념비는 높이 16m의 각진 긴 기둥 형태인데 윗부분에 에티오피아를 상징하는 사자상이 있고, 아랫부분에는 한글, 에티오피아 문자, 영어로 '이디오피아'라고 쓰여 있다. 이 비의 건립일은 1968년 5월 7일이다. 이 비 제막식을 할 때 하일레 셀라시에 황제가 직접 춘천에 왔었는데 그 날짜는 5월 19일로 돌판에 새겨져 있다, 그때 기념 식수한 향나무가 기념비 앞에 지금도 잘 자라고 있다. 황제께서 춘천에 왔을 때 나는 마침 행사장 가까운 곳에 있는 중학교의 학생이었다. 황제를 환영하기 위하여 시민들과 함께 도로변에 줄을 지어 서 있었는데, 멋진 군복

차림의 황제가 탄 차량이 앞을 지나가던 모습이 눈에 선하다.

에티오피아 한국전 참전 기념관은 2007년에 건립되었다. 에티오피아 전통 가옥 양식인 돔(dome) 3개가 나란히 서 있는 형태로 지어졌다. 1층에는 에티오피아군의 참전 과정과 제1 강뉴대대, 제2 강뉴대대, 제3 강뉴대대의 주요 전투 내용을 전시하고 있다. 에티오피아의 참전 사실을 자세히 알 수 있다. 2층에는 2개의 방이 있는데, 풍물전시실은 에티오피아의 역사, 다양한 민족과 문화, 종교, 전통의상과 음식, 커피의 고향 등 에티오피아의 풍물을 이해할 수 있도록 하고 있다. 교류전시실에는 2004년 춘천시와 에티오피아 수도인 아디스아바바시와 자매결연을 하고, 현지에 참전 기념회관과 참전 기념탑을 건립하고 물품을 지원했었는데 그 내용을 전시하고 있다.

에티오피아의 집 카페는 에티오피아 참전 기념비가 세워진 무렵과 거의 같은 시기부터 있었던 오래된 카페다. 들어가는 입구에 '하일레 슬라세 에티오피아 황제께서 1968년 명명하신 에티오피아 벳(집)의 황실 원두가 한국 원두커피의 역사가 되었다.' 문구가 있다. 기념비, 기념관, 카페 모두 걸어서 돌아 볼 수 있는 가까운 거리에 있다. 춘천에 오면 이곳들을 둘러보고, 먼 곳에 있는 이름도 몰랐던 나라 Korea를 위해 싸웠던, 강뉴 부대 용감한 용사들의 이야기를 나누어 보는 것도 뜻깊으리라.

줄 장루이 회상

▲ 줄 장루이 소령 동상(강원 홍천)

올해는 특이한 사연이 있는 곳으로 가 보기로 했다. 매년 6월이면 호국보훈의 달을 맞이하여 관련되는 곳을 다녀왔었다. 올해도 대상지를 물색하다가 홍천에 있는 줄 장루이 공원이 나름 애틋한 사연을 가지고 있고, 내가 살고 있는 춘천에서도 그리 멀지 않아 다녀오는 데 부담도 없다고 생각되어 찾기로 했다.

속초 가는 44번 국도를 따라 차량을 운전해 가는데 도로 옆에 세워진 줄 장루이 공원 표지판이 눈에 잘 띄었다. 공원은 도로에서 가까웠다. 마을 가까운 곳에 있었는데, 큰 산으로 이어지는 야트막한 산줄기를 뒤로 하고 있었다.

공원에 들어서자, 앞쪽으로 가운데에 동상으로 올라가는 계단이 보였다. 계단 왼쪽에는 '쥘 · 쟝루이像'이라고 새긴 돌로 된 표지석이 있고, 계단 오른쪽에는 이곳에 쥘 쟝루이 소령 동상을 세우게 된 취지를 설명하는 안내판이 있었다. 계단 위쪽에는 가운데에 쥘 쟝루이 소령 동상이 있고, 왼쪽에는 국기 게양대가 있어 태극기, UN기, 프랑스 국기가 나란히 휘날리고, 오른쪽에는 이 동상을 처음 세울 때 프랑스 대사가 기념 식수한 나무가 자라고 있었다.

이곳의 특이한 점은 동상으로 오르는 계단의 각 단(段)에 소령과 관련된 글귀를 한 줄씩 적어서 계단에 오를 때 읽으면서 오르도록 했는데 소령의 삶을 잘 요약했다고 생각된다. 그대로 옮겨 본다.

프랑스 청년의 뜨겁고 숭고한 삶의 궤적
진정한 군인이 되고 싶었던 34년의 짧은 삶을 마감한 쥘 · 쟝루이의 생애
우리들은 그를 살아있는 성인이라 불렀다.
삶과 죽음이 하루에도 수십 번씩 교차하는 이 험난한 전쟁터에서
쥘 · 쟝루이는 우리들의 유일한 안식처였다.
11년 총 대신 의약가방을 메고 전쟁터를 전전하며 살아온 시간
"전우들을 두고 나만 갈수는 없다. 그들을 치료해 주어야 한다"
"돌봐야 할 부상자들이 이렇게 많은데 나 혼자 어떻게 철수할 수 있는가"

그리고 이제 그는 자신의 안식처를 찾아 떠난다.

70여 년전 그가 짧은 생을 불태우고 우리에게 남기고 간 것

동상 앞에서 잠시 묵념한 다음에 동상을 찬찬히 살펴보았다. 동상은 돌로 만든 다섯 조각의 꽃받침 가운데에 있는 기단에 서 있는 전신상(全身像)이었다. 머리에는 베레모를 쓰고, 허리에는 탄띠를 차고, 어깨에는 의약 가방을 멘 전형적인 군의관 복장이었다. 쥘 장루이 소령의 그때 평소 모습이 그랬을 것이다. 잘생긴 선(善)한 젊은 군인이라는 인상을 받았다.

6.25 한국전쟁 때 프랑스군 대대는 UN군의 일원으로 1950년 11월 26일부터 한국전쟁에 참전하였다. 몽클라르 장군 휘하의 프랑스군은 용감하게 싸운 것으로 유명하다. 특히 쥘·장루이 소령도 참전한 지평리 전투, 1037고지 전투(횡성 지역에 있음)에서의 프랑스군의 활약은 대단했다. 쥘·장루이 소령은 프랑스군의 의무대장이었다. 프랑스군은 잘 싸웠지만 그렇다고 전사자와 부상자가 생기지 않는 것은 아니었다. 특히 용감하게 싸웠다고 하는 전투에서는 많은 전사자와 부상자가 생겼다. 이들을 돌보아야 하는 의무대장의 역할은 중한 것이었다.

프랑스군 대대는 짧은 기간 여러 곳을 옮겨 다니다가 1951년 5월 초순에는 홍천 지역에 주둔하게 되었다. 쥘·장루이 소령은 군의관으로서 군인들을 돌보는 한편 시간을 내어 인근 주민들까지도 돌보았다.

1951년 5월 8일 그날도 부대 인근의 주민들을 치료하고 부대로 돌아오던 중에 장남리 전투에 참가한 한국군 5사단 병사 2명이 중공군이 설치한 지뢰를 밟아 부상했다는 소식을 들었다. 서둘러 현장 가까이 이르렀으나 부

상한 국군 병사에게 접근하려면 원칙적으로 혹시 더 있을지도 모르는 지뢰를 찾아 제거하여야 했다. 당시 지뢰 제거반은 미군에게 있었는데 연락해 보았더니 도착하려면 상당한 시간이 걸려야 한다고 했다. 어찌할 것인가? 지뢰 제거반이 올 때까지 기다리기만 하면 부상자들은 출혈 등으로 사망할 것이다. 더 이상 기다릴 수 없었다. 쥴ㆍ장루이는 눈앞에서 부상자들이 아무런 처치를 받지 못하고 죽어가는 모습을 지켜볼 수 없었다. 위험을 무릅쓰고 한국군 부상자들을 구해냈다. 아! 그러나 운명을 피해 갈 수 없었다. 부상자들을 구해내고 정작 쥴ㆍ장루이는 애석하게도 남아있는 지뢰를 밟았다. 순간 오른쪽 다리를 잃고 얼굴 오른쪽도 크게 다쳤다. 출혈이 심하여 의식이 가고 있는 순간에도 쥴 장루이는 "한국군 부상자들을 잘 치료해 주시오." 마지막 유언 같은 말을 하고 저세상으로 갔다. 그야말로 살신성인 (殺身成仁)을 이루었다.

동상에서 떠나기 전에 다시 한번 두 손 모아 기도드렸다. 사연을 생각하며 기도드리는 두 손이 가늘게 떨려왔다.

| 나오는 말 |

2022년 9월에 뜻하지 않게 뇌경색 증상이 생겨서 병원에 일주일 동안 입원했었습니다. 평소 건강 검진하면 혈액에 관한 수치가 아주 양호하게 나왔었으므로 전혀 뜻밖이었습니다. 병원에 입원해 있는 동안 혈압이 평상시에는 도저히 생각할 수도 없는 200이란 높은 수치를 오르내려서 정말 위험한 상황이라는 것을 실감했습니다. 그전에는 죽음이라는 것은 남의 일로만, 먼 훗날의 일로만 생각했었는데 비로소 나의 일로서 진지하게 생각해 보는 기회가 되기도 했습니다.

병원에서 퇴원하면서 '이제 모든 것을 정리하라고 하는가 보다. 이번에는 저승문 앞까지 갔다가 되돌아왔다. 다음에 진짜 저승에 가기 전에 이승의 것들을 미리미리 정리해서 홀가분한 마음으로 갈 수 있도록 해야겠다.' 그런 생각을 했습니다.

우리 집안은 원래 장수하는 집안이어서 부모님이 모두 90세 이상 100세 가까이 사셨습니다. 나도 부모님의 유전자를 물려받아서 그렇게 오래 살수도 있고, 반면에 뇌경색이란 병은 재발 빈도가 높아서 당장 내일 쓰러져도 이상한 것이 없다고 하겠습니다. 어떻게 될지 알 수 없습니다. 어떻든이 일로 인해서 삶을 바라보는 태도에 변화가 왔습니다.

집에 와서 그동안 모으기만 했던 물건들을 만약의 경우에 유품(遺品)을 줄이기 위해서는 어떻게 무엇을 버릴 것인가? 생각해 보았습니다. 사회 활동하면서 맡게 된 직분들도 이제는 차례로 내려놔야겠다고 생각했습니다. 그동안 써 놓았던 글들도 정리하는 차원에서 빨리 책으로 출간해야겠다고 생각했는데 마침 여건이 돼서 이렇게 출간하게 되었습니다. 마음이 조금 홀가분해져 좋습니다.

그동안 수필이란 문학의 한 분야에 마음을 두었던 삶은 보람 있었다고 생각합니다. 아쉬운 점은 젊었을 때부터 글을 썼으면 좋은 작품들을 훨씬 많이 썼을 것 같은데, 늦은 나이에 글을 쓰기 시작한 점입니다. 글쓰기든 무엇이든 뜻있는 젊은이가 있으면 '주저하지 말고 빨리 시작하라. 일찍 시작한 거만큼 틀림없이 그만큼 보람이 클 거야.' 하고 말하고 싶습니다.